포켓 스마트 북 ⑨

동백울타리

글벗문학마을 편

KB003421

도서출판 한글

울타리글벗문학마을

출판문화수호 스마트 북 ⑼

2024년 1월 10일 1판 1쇄 인쇄
2024년 1월 15일 1판 1쇄 발행

동백 울타리

편 자 울타리글벗문학마을
기 획 이상열
편집고문 김소엽 엄기원 이진호 김무정
편집위원 김홍성 이병희 최용학 최강일
발 행 인 심혁창
주   간 현의섭
표 지 화 심지연
교   열 송재덕
디 자 인 박성덕
인   쇄 김영배
관   리 정연웅
마 케 팅 정기영
펴 낸 곳 도서출판 한글
우편 04116
서울특별시 마포구 신촌로 270(아현동) 수창빌딩 903호
☎ 02-363-0301 / FAX 362-8635
E-mail : simsazang@daum.net
창   업 1980. 2. 20.
이전신고 제2018-000182
* 파본은 교환해 드립니다.
* 정가 6,500원
* 국민은행(019-25-0007-151 도서출판한글 심혁창)

ISBN 97889-7073-628-0-12810

발행인이 드리는 말씀

이 스마트 북 『울타리』는 정기 간행물이 아닌 휴대 간편한 포켓북입니다. 지금은 모두 '스마트 폰'에 휩쓸려 책 읽는 사람이 귀공자같이 보입니다.

그만큼 출판문화는 위축되어 있습니다. 출판문화가 무너지면 정신세계가 후퇴합니다.

디지털 기기에 지나치게 의존하면 기억력과 계산력이 떨어진다는 디지털치매라는 말도 있고 블루라이트에 의한 시력 피해도 있답니다. 눈 보호도 고려해야 할 것입니다.

스마트 북은 공중파를 타고 범람하는 정보와 미담 가운데 사회적으로 유익하고, 실생활에 필요한 내용을 선택하여 종이에 기록하는 책입니다.

포켓이나 핸드백에 소지하고 전철, 버스, 기차나 혹은 업무로 대기하는 자투리시간에 읽으시면 유익할 것입니다.

넘치는 스마트폰에 종이책으로 맞서기란 계란으로 바위치기 같은 실정이지만 이렇게라도 하지 않을 수 없어서 메마른 땅에 씨를 심는 심정으로 스마트 북을 펴냅니다. 많은 독자의 성원을 바랍니다.

이 「울타리」를 애독하고 보급해 주시는 멤버님들께 감사드립니다.

발행인 심혁창

한국출판문화 수호캠페인에 동의하시는 분께

한국출판문화수호 캠페인에
동의하시는 분을 환영합니다.

이메일이나 전화로 주소와 전화번호를
알려주시면 회원으로 모십니다.

메일:simsazang@daum.net

1권 신청, 정가 6,500원 입금
보급후원 : 10부 40,000원 입금
국민은행 019-25-0007-151
도서출판 한글 심혁창

이 책은 전국 유명서점과 쿠팡에서 판매합니다

04116
서울특별시 마포구 신촌로 270
수창빌딩 903호
전화 02-363-0301 팩스 02-362-8635
이메일
simsazang@daum.net
simsazang2@naver.com
010-6788-1382 심혁창

출판문화수호켐페인멤버

　　　　　　　　　　　년　　　월　　　일

　　　　　　　　　　　　　　님께

　　　　　　　　　　　　　드림

목차

돌립운동의 요지 동북3성(東北三省)

최 용 학

중국 동북3성은 나라와 민족을 위해 평생을 목숨 바쳐 일제(日帝) 침략자들과 싸운 독립군의 요지(要地)이며 예부터 고구려(高句麗)와 발해(渤海) 등 우리 선조의 터전이었다.

일제침략 시절에 만주지역에 한국인이 갈 수 있었던 시기는 중국 측의 입장에서 보면, 첫째 쇄국시기(鎖國時期), 둘째 묵허시기(黙許時期), 셋째 환영시기(歡迎時期), 넷째 제한시기(制限時期), 다섯째 배척시기(排斥時期), 여섯째 일제(日帝)의 정책이주시기(政策移住時期) 등으로 구분되어 있었다.

이 중에서 쇄국시기, 묵허시기, 환영시기는 1628년부터 1909년까지로, 일제가 한국을 본격적으로 침략하기 이전부터 침략을 위해 여러 가지 사전 준비에 몰두했던 시기였다. 그래서 이때부터 우리 동포들이

이 지역으로 옮겨와서 정착하게 되었고, 여러 가지 독립운동을 시작하게 되었던 것이다.

그리고 이러한 시기에 일제가 본격적인 침략을 시작했던 명성황후 시해 이후부터 국내에서는 항일운동이 시작되었는데, 간단히 살펴보면 애국계몽운동과 의병전쟁이 1895년부터 을사늑약 시기인 1905년, 그리고 대한제국 군대의 해산과 경술국치 이후까지 근 20여 년간이나 국내에서 계속되어 침략자들을 막기 위해 선열들이 목숨 바쳐 싸웠던 것이다.

이러한 의병전쟁에서 적들과 싸우다가 전사한 선열들만도 전국에 수십만 명이 되었는데. 지금까지도 그분들의 신원이 확인되지 못하고 있다.

그중에서 단순히 현재 충남 홍성에서 있었던 홍주성 전투의 사적지만 찾아보아도 이러한 의병전쟁을 실감할 수 있다. 당시에 의병들이 홍주성을 수호했지만, 결국 900여 명의 의병이 전사했던 사적의 흔적만 보아도 실감할 수 있다.

이후 이러한 애국계몽이나 의병전쟁에 참여했던 분들 중에도 동북3성으로 망명해서 평생을 항일운동에 목숨 바쳐 싸운 분들도 수없이 많았다.

또한 일제가 우리나라를 강탈한 경술국치 이후부터는, 특히 만주에서의 신흥무관학교 설립과 청산리전쟁을 비롯해서, 국내외에서는 3.1운동과 항일전쟁,

임시정부 수립, 의열 투쟁, 학생운동 등등 나라와 민족을 위해 끊임없이 계속된 항일 독립운동이 광복될 때까지 침략자들을 물리치기 위해서 반세기가 넘도록 끊임없이 계속되었던 것이다.

그리고 1919년에 국내외에서 대대적으로 일어난 3.1만세운동 전후에도 많은 독립운동이 계속되었던 것이다.

특히 국내에서는 항일운동 단체로서 전국 곳곳에서 주비단(籌備團), 숭의단(崇疑團), 농민단(農民團), 의용단(義勇團). 진명단(盡命團), 신민단(新民團), 결사단(決死團) 등등 대한민국임시정부와 연계된 조직들도 많았다. 그뿐만이 아니고 동북3성의 독립군을 지원하거나, 직접 관련된 단체로서 사천청년회(沙川靑年會), 용만청년회(龍萬靑年會), 해동청년회(海東靑年會), 의용대(義勇隊), 자유회(自由會) 그리고 비현청년단(桃峴靑年團), 대한민회(大韓民會). 구국단(救國團), 백마단(白馬團), 애국청년회(愛國靑年會). 국민회(國民會), 전도회(傳道會), 대한국민회(大韓國民會) 등등 전국 각지에서 수많은 독립운동단체들이 활동했으며, 그밖에도 학생운동을 비롯해서 사회운동, 문화운동 등 수많은 항일독립운동이 계속되었던 것이다.

아직도 이러한 애국선열의 정신을 이어받은 후손들이 동북3성에 살고 있고 독립운동사적지가 있다.

그리고 독립운동가의 후손으로 끊임없이 큰 업적을 쌓은 분들이 많기에 그중에서 중요한 관련 내용들만을 정리해 보았다.

사이성

동북3성 중에서 조선족이 처음부터 가장 많이 이주해서 살던 곳은 바로 길림성(吉林城)이었으며, 지금도 많은 후손들이 이 지역에 정착해 살고 있다.

그래서 이번에는 경북 안동 출신인 석주 선생을 위주로 이 지역에서 있었던 독립군 양성에 대한 내용들을 살펴보았다.

석주 이상룡(石注 李相龍) 선생은 경술국치 이후에 이지역으로 망명했던 분이다. 석주 선생은 당시 '대한매일신보'를 창간해서 1905년 을사조약의 파기를 요구하는 「是日也 放聲大哭」이라는 논문을 써서 보도했고, 양기탁(梁起鐸) 선생이 사는 서울 종로에서 열린

신민회(新民會) 간부회의에 참석해서, 만주에 항일독립
운동 기지를 설치하기로 합의했던 분이다.

이에 따라 안태국(安泰國), 김구(金九), 이승훈(李承薰)

길림성

선생 등은 국내에서 독립운동자금을 조달하기로 했
으며, 이회영(李會榮), 이동녕(李東寧), 주진수(朱鎭壽), 장
유순(張裕淳) 선생 등이 먼저 유하현 삼원보(柳河縣三源堡)
추가가로 건너갔던 것이다. 이어서 이시영(李始榮), 이
광(李光), 김형식(金衡植), 황만영(黃萬英), 이명세(李明世)
선생 등도 만주로 갔으며, 이상용(李相龍) 선생도 1911
년에 가족들과 함께 만주로 건너갔던 것이다.

그리고 이상용 선생은 1911년 4월에 만주로 함께
건너온 동지들과 함께 자치단체인 경학사(耕學社)를 조
직해서 초대 사장에 추대되었던 분이다. 이후 동포들
의 정착(定着)과 농업생산을 지도하면서, 교육(教育),
민생(民生)과 최초의 항일구국 자치단체로서 많은 활

동을 하였다. 이후 이동녕(李東寧), 이석영(李石榮), 이철영(李哲榮), 이회영(李會榮), 이시영(李始榮) 선생 등과 함께 유하현 삼원보 추가가(柳河縣三源堡鄒家街)에 신흥강습소(新興講習所)를 설치해서 군사훈련을 실시했던 것이다. 그리고 이동녕 선생을 교장으로 추대하였다.

이러한 신흥무관학교의 역사에 대해서는 당시 교관이었던 원병상(元秉常: 異名 元義常) 선생이 남긴 수기에 상세히 기록되어 있는데. 이분은 강원도 출신으로 1911년에 만주로 망명해서 계속 항일운동을 한 분이다. 그리고 이 기록은 선생의 손자인 원건희 선생이 보관했던 중요한 내용들이다.

이상룡 선생은 이후 1912년에 이곳에서 90리 떨어진 통화현 합니화(通化縣 哈尼化)에서 경학사를 부민단(扶民團)으로 다시 조직해서, 회원들과 함께 군자금 모금 활동과 주민 동포들의 자치기관으로의 임무를 수행하였다. 그리고 신흥강습소(新興講習所)는 1913년 5월에 통화면 합니하(通化縣哈河)로 옮겨 신흥학교(新興學校)로 개칭하고 여준(呂準) 선생이 교장으로 추대되었던 것이다. 이상용 선생은 이후에도 3.1운동 이전이었던 1918년 11월(음력)에 길림에서 독립운동가 39인이 발표한 무오독립선언서(戊午獨立宣言書)에도 서명하였다.

일송정(길림성 용정)

이러한 이상룡 선생의 가문 중에는 항일운동에 참여해서 독립유공자로 포상받은 분들이, 동생 이상동을 비롯해서 10여 명도 더 된다는 집안이라고 한다.

동생 李相東(愛國章), 아들 李濬衡(愛國章), 당숙 李承和(愛族章), 동생 李鳳羲(獨立章), 조카 李衡國(愛族章), 조카 李運衡(愛族章), 3손자 李炳華(獨立章), 조카 李光民(獨立章), 고모부 金道和(愛國章), 매부 朴慶鐘(愛族章), 동생사위 金泰東(表彰) 등.

최용학

1937년 11월 28일, 中國 上海 출생(父:조선군 특무대 마지막 장교 최대현), 1945년 上海 第6國民學校 1학년 中退, 上海인성학교 2학년 중퇴, 서울 협성초등학교 2학년중퇴, 서울 봉래초등학교 4년 중퇴, 서울 東北高等學校, 韓國外國語大學校, 延世大學校 敎育大學院, 마닐라 데라살 그레고리오 아라네타대학교 卒業(敎育學博士), 평택대학교 교수(대학원장역임) 현)韓民會 會長

이승만 박사의 바른 평가

현재 국정 사회교과서의 문제점과 바른 역사관
수립을 위하여 알아본다.

> **초등학교** 사회교과서에는 이승만 초대대통령이 정치독재, 부정선거, 독재와 부패를 하여 국민 생활이 어려워졌다고 부정적 표현.
>
> **고등학교** 한국사에는 이승만의 단독정부 수립으로 분단의 빌미가 되었고 경제위기 상황을 제대로 대처하지 못했다고 서술.

"우리나라가 어떻게 독립할 수 있었는가? 이는
이승만이 미국 여론을 바꿔놓는 외교와 홍보활동을
적극적으로 펼친 결과 1943년 카이로에서 한국의
독립 선언 발표가 나오게 한 공로였다. 그러나 교
육 현장에서는 이 사실을 제대로 가르치지 않는다."

연세대와 한동대 석좌교수를 지낸 원로 역사학
자 유영익(87, 한국현대사 연구 권위자인 그는 방대한 이화장
문서의 정리와 연세대 현대한국학연구소 설립 등으로 대한민국
초대 대통령 이승만 연구에 커다란 족적을 남긴 인물) 전 국사
편찬위원장이 한 말이다.

이승만은 대한민국 임시정부 대통령으로 주미외
교위원부위원장으로 끈질기게 외교·선전활동을 펼

친 결과 한국을 독립국으로 세웠다.

그런 건국 대통령으로서 한미상호방위조약 체결, 미국식 대통령제 확립, 농지개혁 단행, 63만 명 수준의 상비군 육성, 양반제도 근절과 남녀평등 실현을 통해 대한민국을 발전시키는데 주춧돌을 놓은 역할에 대해서는 서술이 없다.

이승만의 업적을 객관적으로 평할 때 최소한 '공(功) 7에 과(過) 3' 이상은 되는 것이다. 이는 현대사 연구를 게을리 한 역사학계에 한국사회 이데올로기 분열의 책임이 있으며 '학자들이 객관적 사실에 근거해 현대사 연구를 제대로 해왔다면 이런 엉터리 같은 선전 선동이 역사로 둔갑하는 일은 없었을 것이다.(유영익)

영화 '별들의 고향'으로 유명한 이창호 감독은 이렇게 말했다. "나도 한때는 이승만, 박정희 두 전 대통령을 독재자라고만 봤다. 나처럼 속아서 부정적인 시각을 가졌던 사람들이 변한 이야기를 영화에 많이 담으려 한다."

두 전 대통령에 대해 부정적인 시각을 갖게 된

건 부친 영향이 컸다. 미 군정 때 공보처에서 영화 검열관을 했던 부친은 신익희를 존경하고 톨스토이의 농노해방론을 신봉하는 낭만적 사회주의자였다. 이 감독이 1976년 대마초 흡연으로 활동 정지를 당하면서 박 전 대통령에 대한 반감도 자리 잡았다. 관객 5만 명이 들면 공전의 히트작이던 시절, 46만 5000명을 동원한 '별들의 고향'으로 스타 감독 대우를 받던 때였다. 그때의 경험에 갇혀 있다가 '철이 늦게 들었다'는 것이 이 감독의 설명이다. "두 대통령이 이룬 업적을 오직 역사적인 사실에 입각해서 보여주면 누구라도 감동하지 않을 수 없을 것이다. 영화계 일부 후배들이 내 작업을 마뜩치 않게 여길 수 있다는 점을 알고 있다"고 했다.

경제발전의 초석 다진 이승만 대통령

이 두 원

(연세대 경제학부 교수)

1950년대 이승만 정부 소득분배 개선, 인적 자본 형성
수입대체화로 민간기업 성장, 경제에서도 '건국의 아버지'

흔히 이승만 대통령을 건국의 아버지라 부르며, 그의 가장 큰 공적을 대한민국 정부의 수립과 한미 상호방위조약을 통한 안보의 확립으로 본다. 하지만 이승만 정부의 경제적 성과는 박정희 대통령의 고도성장 신화에 비유되면서 상대적으로 저평가된 것이 사실이다. 그러나 1948년부터 1960년까지 이승만 정부가 단행한 경제 및 사회 정책의 성공이 없었다면, 60년대 이후의 고도성장은 불가능했을 것이다. 1948년 정부수립 직후 이승만 대통령이 가장 먼저 단행한 정책은 농지개혁이었다. 대지주의 농지를 정부가 지가증권을 발행해서 구입하고, 이를 낮은 가격으로 소작농 및 소농들에게 판매한 것이다. 이를 통해 소작농이 거의 사라지게 되었고

자작농이 획기적으로 증가하여 소득분배가 크게 개선되었다. 또한 일부 대지주들은 이때 받은 지가증권을 이용하여 근대산업에 투자하는 계기가 되었으며, 이런 의미에서 농업·자본의 산업자본화가 이루어졌다. 또 하나 중요한 개혁은 바로 교육개혁이 든다. 정부수립 직후 빡빡한 재정상황에도 불구하고 교육과 문화는 정부의 재정지출 중 8%를 넘는 큰 비중을 차지하였다. 또한 6·25전쟁 중에도 교육에 대한 지원은 계속되었으며, 심지어 대학생의 경우 전시임에도 불구하고 징집이 면제되는 혜택을 누릴 수 있었다. 또한 1964년부터 초등교육을 의무화하면서 교육의 혜택을 전 국민이 누릴 수 있게 되었다. 또한 이와 같은 농지개혁과 교육개혁의 성공으로 소득분배가 개선되고 향후 산업화를 위한 인적자본이 형성되게 된 것이다. 동아시아의 경제발전을 연구한 미국의 로드릭 교수는 한국과 대만이 고도성장을 할 수 있었던 가장 큰 원인 중 하나는 산업화 초기의 양호한 소득분배와 높은 교육 수준이라고 하였는데, 이 기반이 1950

년대 이승만 정부에 의해서 구축된 것이었다.

해방 후 일본인들이 남기고 간 자산의 처분, 즉 적산불하도 대부분 성공적이었다고 평가받고 있다. 이들 자산 중 사회간접자본 및 기간산업은 공기업으로 전환되었지만 나머지는 민간 기업에 불하되었다. 이들은 대부분 시가보다 낮은 가격으로 민간에 불하되었으며, 이런 과정에서 특혜 시비가 발생한 것도 사실이다. 하지만 전반적으로 보았을 때 적산불하는 실보다 득이 많았던 정책이다. 우선 정부의 재정수입에 큰 도움을 주었으며, 주요 기업들을 민간에 불하함으로써 민간 기업에 기반한 자유시장 경제의 확립이 가능하게 된 것이다.

1953년 종전 이후 추진한 수입대체 산업화 전략은 대한민국 산업화의 시작이었다. 이는 중요한 생필품을 수입에 의존하지 않고 국내생산으로 대체하자는 전략이며, 3白산업(설탕, 밀가루, 면방직) 육성을 시작으로 시멘트 다이너마이트 라디오 등 주요 공산품들의 국산화에 성공하게 된다. 이를 통해서 빠른 속도로 산업화가 진행되었으며, 이들 중

일부는 1960년대 이후 수출산업으로 발돋움하게 된다. 특히 면방직 산업의 경우 50년대 말이 되면 이미 내수를 충족하고 생산 과잉 상태에 빠져 있었으며, 1961년 원화가치의 평가절하로 수출에 유리한 환경이 조성되자 적극적으로 수출에 나설 수 있었다. 이런 의미에서 볼 때 1950년대의 수입대체 산업화 전략은 1960년대 수출진흥정책의 초석이 된 것이다.

이와 같이 이승만 정부는 소득분배의 개선과 인적자본의 형성, 민간기업 등의 성장과 산업화의 초석을 다진 정부였으며 그 이면에는 자유 시장경제를 신뢰했던 이승만 대통령의 철학이 있었다. 이런 의미에서 이승만 대통령은 정치와 안보에서만 건국의 아버지가 아니라 경제에 있어서도 건국의 아버지라는 칭호를 들어 마땅할 것이다.

검정교과서의 오류

올해부터 초등학교 5~6학년 학생들이 처음 공부하게 될 검정 사회 교과서 11종 모두 이승만 초대 대통령에 대해 '독재' '부정선거' '무력진압' 등 부정적 측면을 부각해 서술한 것으로 나타났다. 중·고교 한국사 검정교과서들도 이전 대통령의 공(功)보다 과(過)에 초점을 맞춰 기술했다.

이승만 전 대통령이 1948년 7월 24일 국회의사당으로 사용되던 중앙청 (옛 조선총독부) 광장에서 헌정사상 첫 대통령으로 취임사를 하고 있다.

70년 전 이 전 대통령이 맺은 '한미상호방위조약(한미동맹)' 체결의 의미를 소개한 교과서는 한 곳도 없었다. 교육계에선 '학생들이 건국대통령의 업적은 모르고 부정적 내용만 배운다면 대한민국 정통성을 어떻게 생각하겠느냐'는 지적이 나온다.

초등학교 5-6학년 사회교과서는 기존에 국정으로 발행하다 올해 처음 검정으로 전환됐다. 본지가 검정 사회교과서 11종을 살펴보니 대부분 이 전 대통령의 독립운동 등은 기술하지 않고 분단의 책임이 있는 것처럼 기술했다. 9개 출판사 교과서는 이 전 대통령과 김구 선생의 발언을 단순 비교했다.

홍후조 고려대 교육학과 교수는 '(당시 분단은) 국내외 정세를 종합해야 하는 내용인데도 배경 설명 없이 이 전 대통령과 김구 선생 발언만 교과서에 싣는 것은 초등학생 단계에 맞지 않는다'며 "교과서만 보면 초등학교 학생들이 이 전 대통령은 분단 '원흉'으로 인식할 수 있다"고 말했다. 6학년 1학기 사회 교과서는 '민주주의 발전'을 다루는데 이

전 대통령 관련 내용은 3·15부정선거를 통해 '독재 정치'를 한 것으로만 채워져 있다.

중학교 역사교과서 7종과 고교 한국사 9종도 이 전 대통령의 공에 대해선 거의 서술하지 않고 잘못만 부각하고 있다. 이들 교과서는 문재인 정부 때 검정을 통과해 2020년부터 학생들이 배우고 있다. 고교 한국사 9종 교과서 모두 이 전 대통령이 처음 등장하는 것은 1919년 상하이 임시정부 초대 대통령으로 추대됐을 때다. 그 전에 독립협회 등에서 다양한 독립운동을 한 부분은 언급이 없다. 이 전 대통령의 외교활동에 대해서도 '임시 대통령 이승만은 미국에 주재하면서 구미위원부의 업무를 이끌었다'(천재교육) 정도로 짧게 소개된다.

이 전 대통령이 남한만이라도 임시정부를 조직해 북에서 소련이 물러나도록 해야 한다고 말한 이른바 '정읍연설'을 한반도 분단의 원인인 것처럼 기술한 교과서도 있다. '여운형과 김규식 등 중도 세력은 제1차 미소 공동위원회 결렬과 이승만의 정읍 발언 등으로 남북 분단의 가능성이 높아지자 통일 정부 수립을 위해 좌우합작위원회를 조직하였다'(씨마스), '제1차 미소 공동위원회의 결렬과 이승만을 중심으로 제기된 단독 정부수립 주장으로 분단의 위기가 높아졌다'(동아출판)는 식이다. 이런 기술은 분단의 원인이 이 전 대통령에게 있는 것처럼 오해하게 만든다는 지적이 나온다. 특히 고교 한국사 교과서 일부는 이 전 대통령의 '정읍발언(1946년 6월)'에 앞선 1946년 2월 북한에 이미 사실상 정부인 '북조선 임시인민위원회'가 수립됐다는 사실을 교과서 순서에서 정읍 발언 이후에 서술하고 있다. 9종 모두 이 전 대통령이 친일파 청산을 위한 반민특위(1948년)를 반대했다고 적었다. 이 전 대통령이 친일파를 옹호한 것처럼 읽힐 수 있는 대목이다.

1953년 이 전 대통령은 미국과 '상호방위조약'을 체결했다. 한국은 6·25전쟁 이후 미국과 동맹을 기반으로 북한 위협에 대응하며 기적 같은 경제성장을 이뤄 왔다. 그런데 한미동맹을 맺었다는 사실관계만 전한 교과서가 대부분이고, 그 의미를 부정적으로 서술한 경우도 있었다. '전쟁이 끝난 후 체결된 한미상호방위조약에 따라 미군은 한국에 계속 주둔하게 되었다. 그 결과 한반도를 비롯한 동북아시아에서 미국의 영향력은 한층 강화되었다'(미래엔)는 식이다. 교과서 좌편향 문제를 연구해 온 국민의힘 정경희 의원은 '이승만 전 대통령이 전 세계 최빈국 대통령으로서 세계 최강국 미국과 상호방위조약 체결에 성공한 덕분에 우리가 튼튼한 안보를 보장받게 됐고, 경제도 이만큼 성장할 수 있었던 것'이라면서 "그런 업적은 교과서에서 제대로 가르치지 않고 '독재자' '친일파 청산 반대했다'는 부분만 가르치면 아이들이 균형 잡힌 역사관을 가질 수 없다"고 말했다.

강규형 명지대 교양학부 교수는 "이 전 대통령은 독립운동에 큰 역할을 했고 남북통일을 염원했는데도 교과서 내용대로라면 나라를 분단시킨 친일파가 돼 버린다"며 "건국 대통령을 폄훼, 왜곡한 교과서를 바로잡아야 한다"고 했다.

(조선일보 김연주·김은경 기자의 기사)

일본대학생들의 박정희 관!

장 진 성 교 수

도쿄 신주쿠에 있는 한국 음식점에서 어제 밤 일본 대학생들과 장시간 대화할 기회를 가졌다. 한국말을 잘하는 그들 때문에 우리는 서로 교감할 수 있었다. 국제외교정치를 전공하는 그들은 연세대와 고려대 유학경험도 가지고 있었다.

북한이 해안포를 발사하면 그 소리가 한국에서보다 더 크게 들리는 나라가 바로 일본이다. 그만큼 안정된 질서와 기나긴 평화에 체질화된 일본인들이라 그런지 분단 상황이면서도 드라마틱한 이웃의 한국 현대사에 대한 관심이 상당히 컸다.

나는 한국역사에서 가장 존경할 만한 인물이 누구냐고 물었다. 그러자 그들은 놀랍게도 일제히 박정희! 라고 합창했다. 한국 대학생들에게서도 잘 듣지 못한 말을 일본 대학생들에게 듣는 순간, 전율 같은 감동이 솟구쳤다.

그들은 우선 박정희 대통령의 가장 큰 장점을

27

'청렴함'이라고 했다. 미리 준비하고 서거한 것도 아닌데, 총에 맞아 급사했는데도 자기와 가족을 위한 비자금이 전혀 발견되지 않았다는 것이다. 그러면서 과거에 일본이 3억 달러를 원조했을 때도 필리핀이나 다른 나라 대통령들 같은 경우 그 돈을 횡령하여 혼자만 부자가 된 반면, 박대통령은 고스란히 국민을 위한 경제개발에 돌렸다는 것이다.

나는 어설픈 상식으로 김일성은 세습권력을 위한 독재를 했다면 박정희 대통령은 경제개발을 위한 독재를 했다며 분단시대의 두 장기(長期) 체제를 비교했다.

그러자 우리나라에선 개발독재라는 표현도 일본 대학생들은 개발 독선(獨善)이라고 했다. 박대통령이 비록 밀어붙였지만 결국은 옳지 않았느냐며 오히려 그때 고속도로를 반대했던 이른바 민주투사들이란 사람들이 과연 역사 앞에 진실했냐고 반문하기도 했다.

전기를 아끼느라 청와대 에어컨을 끄고 부채를 들었던 사실이며 서거 당시 착용했던 낡은 벨트와

구두, 화장실 변기에 사용했던 벽돌까지 그들은 박대통령 일화를 참으로 많이 알고 있었다. 누구에게 들었는가 물었더니 박대통령을 연구하기 위해 자료를 찾던 중 '조갑제 닷컴'에서 출판한 박정희 전기를 모두 읽었다는 것이다.

나는 그때 우리 한국 대학생들 중 13권에 이르는 그 방대한 전기를 끝까지 읽은 학생이 도대체 몇이나 될까 하고 속으로 생각해 보았다. 그들은 박정희 대통령 덕에 살면서도 그 위업을 경시하는 한국의 현대사를 편향된 일방적 민주주의라고 규정했다. 잘한 것은 잘했다고 평가하는 것이 솔직한 역사 인식이 아니겠는가. 그런데 한국은 민주화의 역사만을 정당화한다고 했다.

한강의 기적이라고 자처하면서도 정작 한강에는 그 상징물이 없는 나라이다. 박정희 대통령 동상을 그 자리에 세우는 것이 바로 역사정립이고 후대의 예의가 아니겠냐며 한국은 일본의 과거를 자꾸 문제 삼는데 우선 저들의 현재부터 바로 세우라고 비판했다.

만약 박정희 대통령 같은 인물이 먼 옛날이 아니라 우리 부모 세대에 일본을 구원했다면 자기들은 우리의 가까운 역사로 자부심을 가지겠지만 한국 젊은이들은 그렇지 않다며 매우 이상해했다. 그러면서 한국에 있을 당시 한국 대학생들과 박정희 대통령에 대해 논쟁했던 이야기를 했다.

한국 대학생들이 생각하는 박정희는 독재자일 뿐이고 왜 독재를 하게 됐는지, 그 결과가 과연 옳았는지에 대해서는 전혀 설명도, 분석하려고도 하지 않았다고 했다. 마치 그들의 주장은 논리에 근거한 것이 아니라 사고의 형식과 틀에 의존한 교과서 같았다.

박정희를 부정하면 마치 민주화 세대인 것처럼 자부하는 그들을 보니 아직도 민주주의를 모르는 나라라는 생각이 들었다는 것이다. 그들은 광우병 촛불시위에 대해서도 웃음으로 비판했다. 이념이나 국민건강 문제에 대한 우려를 떠나 시위자들의 사회적응 심리부터가 잘못됐다는 것이다.

일본은 어디 가나 스미마셍으로 통한다. 남에게

불편을 줄 때는 물론, 부를 때도 미안하고 죄송하다는 강박관념에 사로잡혀 있다. 그래서 미안하지 않기 위해 거리에 담배꽁초를 함부로 버리지 못하고 공동장소에서 큰 소리로 말하지 못하며 자기 집 앞은 깨끗이 청소한다는 것이다.

그런데 한국의 잦은 시위들을 보면 남들에게 불편을 끼쳐서라도 자기들의 뜻을 반드시 관철하겠다는 잘못된 국민정서의 결정판이라는 것이다.

그것이 용인되는 사회, 아니 법치에 도전해도 된다는 시민의식이 바로 한국의 대표적인 후진성이라고 했다. 우리는 마지막으로 일본의 한류열풍에 대한 이야기로 즐겁게 술잔을 나누었다.

나는 한국에 대한 애정으로 박정희 대통령을 존경할 줄 아는 일본 대학생들을 위해 오늘 밥값은 내가 내겠다고 했지만 그들은 더치페이가 민주주의라며 각자 지갑을 열었다.

좋은 글이라 받은 글 중에 퍼 올렸습니다.
장진성 교수님께 양해와 감사를 드립니다.
10월 20일(받은 글)

국가와 여인의 운명

인터넷에서 우크라이나를 검색하면 대뜸 뜨는 글들이

'김태희가 밭 갈고, 한가인이 우유 배달하는 나라' '비둘기도 예쁜 나라, 우크라이나' '우크라이나에 미인이 많은 이유' 등이 바로 나타난다.

13살부터 17살 정도의 나이만 되면 이 세계최고의 미녀들이 우크라이나의 도시 길거리에 널려 있다.

하루 세 끼 끼니를 해결하기 위해서란다. 잠을 재워주고 세 끼 밥만 먹여주면 청소와 빨래는 물론이고 밤잠자리 시중도 기꺼이 들어 준다고 한다.

1970년대 후반 박정희 대통령의 경제건설 효과로 우리 국민의 삶의 질은 높아지고, 국민소득은 고속성장을 하고, 온 대한민국이 희망찬 미래에 대한 기대감으로 활기 넘치던 그때에 우크라이나의 국민소득은 우리의 8배 정도로 잘살던 나라였다.

그런 우크라이나가 내전 상태에 빠진 지 겨우 3

년 만에 국민소득은 우리나라의 6% 정도이며 배고픈 여자들이 길거리로 나서지 않으면 안 되는 딱한 신세가 된 것이다.

국론분열! 어디서 많이 본 듯한 낱말이 아닌가?

크림반도를 침탈한 러시아를 편드는 친 러시아파와 시장경제와 자유 민주주의를 지향하는 친 서방파의 갈등과 국론 분열로 내전상태에 빠진지 겨우 3년 만에 그 나라는 세계 최빈국의 신세가 된 것이다.

우리나라는 핵을 가지고 공갈을 일삼는 양아치 집단인 북한과 대치하고 있으면서, 언제 전쟁이 터질지 모르는, 아니 지금 당장 전쟁이 터져도 하나도 이상 할 것이 없는 일촉즉발의 위기 속에서도 수도 서울의 한복판에서 양키 고홈(go home)을 외치는 이 미친 개, 돼지들의 함성을 들으면서, 봉숭아 학당이 연상되는 무식, 무능, 무책임, 무양심의 청와대, 정부 조직에 5천만 국민의 생명과 자유와 재산을 맡겨 하루하루가 살얼음을 걷는 심정으로 살아가야 하는 우리 국민의 앞날이 우크라이나

보다 나을 것인가?

나라꼴이 되어 가는 것을 보면 정말 잠들기가 어렵다. 불안한 마음으로 가슴은 두근거리고. IMF이후 20년이 흐른 지금에 와서야 바로 앞에 빤히 보이는 그때의 그 자리로 잰걸음으로 가고 있는데 이놈의 미친 정부가 국민의 생명을 담보하고 있는 안보도, 외교 전략도, 경제도 완전히 거꾸로 가고 있으니 내가 그 자리에 도착하기도 전에 나라가 무너질지, 다행히 나라는 남아 있어도 경제 사정이 우크라이나와 베네쥬엘라 꼴이 날지 앞날이 너무나 암담하다. 나라가 무너져도, 경제가 무너져도 그 나라의 여인들이 제일 먼저 비참한 상황에 빠진다.

1636년 병자호란 때 조선조 3명의 등신 같은 임금 선조, 인조, 고종 중의 한 사람인 인조의 삼전도의 항복 후 조선의 여인들은 청나라 되놈들에게 60여만 명이 포로로 잡혀갔다.

그 당시 인구를 감안하면 젊은 여인네들은 거의 씨가 마를 정도로 끌려갔다고 할 수 있다. 끌려가면서도, 거기 가서도 어떤 일을 당했을지는 말할 필요가 없을 것이다.

2016년 12월 10일자로 나는 친구들에게 '환향녀'라는 글을 보낸 적이 있다. 등신 같은 임금과 못난 사내들이 나라를 지키지 못하고 아내와 딸들을 빼앗기고도, 목숨 걸고 탈출해 온 여인들을 따뜻하게 맞아주기는커녕 정조를 버렸다고 집안에 들이기를 거부하여 수치를 못 견딘 많은 여인네들이 자살을 하거나 비구니가 되었다. 참으로 부끄러운 이 땅의 못난 사내들이다.

일본에게 나라를 빼앗긴 35년 동안 이 땅의 순진무구한 처녀들이 20만 명이나 정신대라는 이름으로 끌려가 성적 노예로 살다가 부끄러운 마음에 해방이 되어도 돌아오지 못하고 대부분의 조선의 딸들이 낯선 타국에서 고향과 부모형제를 그리워하며 죽어갔다.

나라는 망하지 않았지만 못난 정치인들이 경제를 망쳐 알짜기업을 외국에 빼앗기고 국민의 삶의 질이 바닥을 기던 IMF 때 수많은 기업은 부도가

나고 생활고를 견디지 못한 많은 여인네들이 일본으로, 미국으로 가서 매춘으로 하루하루를 보내며 현지의 사회문제가 된 적이 있었다.

국난을 당하면 여인들이 제일 먼저 비참한 노예 상태로 빠진다. 나라가 망해도, 경제가 무너져도. 이 여인들이 그대의 아내일 수도 있고 내 딸일 수도 있다. 이런 것을 알고도 그렇게 미쳐 날뛰는가?

2017년 9월 20일 이 진수 배, 이 나라가 어디로 갈지는 하늘만이 알 것이다. 예언서에 씌어 있는 대로 자유민주 체제로 남북통일을 이루고 잃어버린 고토 만주벌을 회복하여 세계 최고의 강국이되며 이 세계 전 인류의 정신적인 지도국이 될지 아니면 베트남처럼 적화통일이 되어 2000만 이상의 우리 대한민국 국민들이 죽임을 당하고 나머지 3000만 이상의 우리 국민이 북한의 개발을 명분으로 가족과도 헤어져서 북으로 끌려가 죽을 때까지 노예 생활을 하며 죽어갈지. 지금 베트남에 가면 호치민시(옛날 월남의 수도 사이공)에 사는 시민들 중 노인들과 옛날 자유 월남 사람들은 없고 거의 북부

월맹 사람들뿐이다. 이것이 무엇 때문인지 이해가 되는가? 그것도 아니라면 미국의 주도로 남북통일이 되더라도 남한 위주의 남북통일이 아니고 미국에 항복한 김정은 위주로 남북통일이 되어 철저하게 망가진 경제여건으로 인하여 위의 글에 쓰인 것처럼 우리의 여인네들이 노예생활을 하게 되든지, 여기에 어디에도 해당되지 않는 어떤 경우가 생기더라도, 아무리 싸게 먹혀도 현재의 우리 경제는 철저하게 망가지게 될 것이다.

우리 국민은 친중(親中)의 DNA가 있는가? 우리 역사의 어디를 보아도 우리는 저 똥되놈들의 은혜를 입은 적이 없다. 임진왜란을 당하여 그놈들의 파병으로 작은 도움을 받은 적은 있지만 역사를 자세히 들여다보면 그때도 입은 은혜보다도 조선 백성에게 가한 분탕질이 더 많았다.

나는 아무리 생각해도 중국에 아부하는 저 미친놈들을 도저히 이해 할 수 없다. 그것은 강한 자에게 꼬리치는 노예근성으로 볼 수밖에 없다. 노예근성을 보이려면, 저 되놈들보다도 훨씬 강한 힘을 가지고 있으며, 자유민주 체제를 가지고 시장경제를 지키며 지금까지 수많은 은혜를 입었고 앞으로도 그들의 수많은 은혜가 없으면 아무것도 할 수 없는 미국에 보인다면 국가도 보존하고 5000만 국민의 생명과 자유를 지킬 수 있을 것이다.

지금처럼 종북, 종중에 혈안이 된 문정부를 보면 이 나라가 정말 어디로 갈지 알 수가 없다. 어떻게 저렇게도 거꾸로만 갈 수가 있단 말인가? 죽어봐야 저승을 알 것인가?

이 시국을 귀하께서는 어떻게 생각하십니까?

– 어느 베트남참전 노병의 글 –

애국애족 선각자 인간 남궁 억(南宮檍)

개화기의 남궁 시와 신앙

박 이 도

남궁 억은 어떤 인물인가?

남궁억이 1907년에 작사한 '삼천리금수강산'은 개화기에 신시(新詩)운동의 과도기에 일어난 창가(唱歌)가사로 씌어졌다. 최남선의 '경부철도가'(1904) '해(海)에게서(에서) 소년에게'(1908), 최병헌의 '독립가' 등과 함께 국한문(國漢文)을 섞어 써 민족의 애국사상과 기독교의 선양에 큰 발자취를 남긴 분 가운데 한 사람이다.

처음 국한문을 섞어 쓰기를 한 유길준은 그의 '서유견문'(1895)기에서 '한문으로 써 자유로 표기하기 어려움으로 기술의 편의'를 위해 국한문을 섞어 썼다고 했다. 이 같은 시대적 판국에서 남궁 억은 각 방면에서의 활약은 기독교 신앙인으로서 선구자의 한 몫을 담당했던 애국애족주의자였다. 그 당시에 학교에서 신 창가 류를 보급했고 전국의 교회에서도 창가 류에 서양 음악 곡을 얹어 부흥운동에 크게 이바지하기도 했다.

조윤재 교수는 그의 『국문학사』에서 갑오경장이 일기 시작한 시기의 창가나 신시운동에 대해 다음과 같이 기술하고 있다. "창가는 현대적 정신에 고취하여 독립자주의 정신과 애국사상이 강한 청년들이 길거리를 휩쓸고 다니며 부른 민족정신을 고취(鼓吹)시킨 것"이라고.

여기 소개하는 그가 작사한 창가와 신시 두 편밖에는 가사내용이 전해지는 것이 없다. 개화기 신문학사에선 그 이름을 찾아볼 수 없는 것도 아쉽다. 그의 작품으로 '무궁화동산', '기러기노래' '조선의 노래', '조선지리가', '운동가' 등이 전해지고 있다. '기러기 노래'의 가사 외엔 제목만 전해진다. 모두 발굴되기를 바라는 마음이다.

찬송가 가사로 쓴 '삼천리금수강산'은 교회에서 애창곡이 되었고 마침내 전 국민적 독립과 자존을 갈망하는 상징성을 갖게 되었던 것이다. 이에 놀란 조선총독부가 1937년 3월 이 찬송가를 금지곡으

로 명령하기도 했었다. 그럼에도 이 찬송가는 요원
의 불길처럼 번져 나갔다.

삼천리반도 금수강산 하나님 주신 동산(반복)

1. 이 동산에 할 일 많아 사방에 일꾼을 부르네
   곧 이날에 일 가려고 누구가 대답을 할까
2. 봄 돌아와 밭갈 때니 사방에 일꾼을 부르네
3. 곡식 익어 거둘 때니 사방에 일꾼을 부르네
후렴. 일하러 가세 일하러가 삼천리강산 위해
      하나님 명령 받았으니 반도강산에 일하러 가세.

"추수할 것은 많되 일꾼이 적으니, 추수할 일꾼
들을 보내어주소서"(마9:37-8)는 예수님의 말씀을
근거로 한 당대의 민족을 향한 각성과 계몽적인 가
사였다. 구어체로 쓴 종교적 목적시이기도 하다.
그가 남긴 또 한 편의 시 '기러기' 노래를 읽어 보
자.

원산석양(遠山夕陽) 넘어가고/ 찬 이슬 올 때
구름 사이 호젓한 길/ 짝을 잃고 멀리 가
벽공에 높이 한 소리 처량
저 포수의 뭇 총대는/ 너를 둘러 겨냥해

산남산북(山南山北) 네 집 어디/ 그 정처 없나
명사십리 강변인가/ 청초 욱은(우거진) 호순가
네 종일 훨훨 애써서 찾되/ 내 눈앞에 태산준령

희미한 길 만리라

곡간 없이 나는 새도/ 기를 자 뉜가
하늘 위에 한 분 계셔/ 네 길 인도하신다
너 낙심 말고 목적지 가라/ 엄동 후엔 양춘이요
고생 후엔 낙이라

만리장천 먼 지방에/ 뭇 고난 지나
난일화풍(暖日和風) 편한 곳에
기쁜 생활 끝없다/ 여기서 먹고 저기서 자며
여러 동무 같이 앉아/ 갈대 속에 집 좋다

감성적 순기능을 살려 쓴 서정시이다. 이 작품
에서도 그의 신앙적 바탕이 심겨 있다. '원산 석양
넘어가고'로 시작된 이 작품은 8·5조(4·4·5)의 운율
로 된 범상한 형식이다.

"찬이슬 올 때/ 구름 사이 호젓한 길/ 짝을 잃고
멀리 가" 같은 묘사는 우리말을 잘 활용한 것이다.
초창기에 국한문을 섞어 쓴 수사(修辭)가 현대의 서
정시 표상 법에도 잘 처리한 것이다.

남궁 억의 시재(詩才)를 가늠할 수 있는 시구이
다. 주제의 차원에서 보면 마태복음 6장 26절
"공중에 새를 보라 뿌리지도 않고 거두지도 않고

곳간에 모아들이지도 않으나 너의 하늘 아버지께서 기르신다. 너희는 새보다 귀하지 아니 하냐'를 소재로 한 것이다. 삶의 고초를 극복하고 소망의 내일을 지향하자는 작품이다.

시 제목이 따로 없다. 편의상 필자가 첫 구절을 제목으로 올려놓았다.

남궁 억 선생은 영어도 능통하여 고종황제의 통역을 맡기도 하고 전권대사로 영국 등을 순방하기도 했다. 그 후 「황성신문」을 창간 발행하고 독립운동에 기여하기도 했다.

선친의 고향인 강원도 홍천으로 낙향해 교회와 학교를 세우고, 나라꽃인 무궁화 심기운동을 전개하기도 한 선각자였다.

직접 세운 모곡국민학교와 강원도 일대의 각급 학교에도 무궁화 꽃을 심었다. 이와 함께 '무궁화 동산'이라는 창가 가사를 지어 전국에 퍼뜨렸다. 이것이 총독부의 심기를 건드려 강원도에 교회와 학교에 심은 무궁화 꽃을 모두 불태우거나 뽑아버렸다.

그는 1933년 11월 4일 다시 투옥되었다.

투옥 이듬해에 윤치호 선생의 설득으로 병보석으로 나와 요양 중에 사망했다. 1939년 4월 5일 77세를 일기로 생을 마감한 것이다.

남궁 억, 그는 탁월한 시재를 지닌 외교관, 언론인, 교육가, 조선어 학자 등으로 활약했다.

독립운동과 나라꽃 보급에 열정을 바쳤던 불세출의 애국애족을 한 개혁가이기도 했다.

저서로 「동사략」 「조선 이야기」 「신편언문예법」 「조선어문법」 등이 있다.

박이도
_____

1962년 「한국일보」 신춘문예 당선/평안북도 선천에서 태어남/『회상의 숲』『북향(北鄕)』『폭설』『바람의 손끝이 되어』『시집:불꽃놀이』『안개주의보』『홀로 상수리나무를 바라볼 때』 등
대한민국문학상, 한국기독교시인협회문학상
경희대 국문과 및 동대학원 졸업
현) 경희대 국문과 명예교수

천상병의 「귀천歸天」 詩碑

귀천

심온(深溫) 천상병(1930~1993.4.28)

〈보령시 성주면 개화예술공원의 '귀천'시비〉
보령시 성주면 개화예술공원에 2009년 6월에 건립.

나 하늘로 돌아가리라

새벽빛 와 닿으면 스러지는

이슬 더불어 손에 손을 잡고

나 하늘로 돌아가리라

노을빛 함께 단 둘이서

기슭에서 놀다가 구름 손짓하면은

나 하늘로 돌아가리라

아름다운 이 세상 소풍 끝내는 날

가서, 아름다웠더라고 말하리라…

천상병 시인은 일본 효고현(兵庫縣) 히메지시(姬路市)에서 태어났으며, 1945년 귀국하여 마산에서 성장하였다. 1955년 마산중학교를 거쳐 서울대학교 상과대학에 입학하였다. 43세가 되도록 독신으로 오랜 유랑생활을 하다가 1972년 목순옥(睦順玉)과 결혼하여 비로소 안정된 삶을 영위할 수 있었다.

1949년:마산중학교 5학년 때, 죽순 11집에 '공상'외 1편을 발표했으며 여러 문예지에 시와 평론 등을 발표하였다.

1955년(25세):서울 대학교 상과대학에 다니다가 중퇴했으며 중앙정보부에 의해 과장된 사건으로 판명된 소위 '동백림사건(1967)'에 연루되어 6개월간 옥고를 치렀다.

친구에게 막걸리 값으로 5백 원, 1천 원씩 받아썼던 돈은 공작금으로 과장되었으며, 천상병시인 자신도 전기고문으로 몸과 정신이 멍들었다고 한다.

1967년 작곡가 고 윤이상 씨, 이응로 화백 등 예술인과 대학교수, 공무원 등 194명이 옛 동독의 베를린인 동백림을 거점으로 대남적화 공작을 벌였다며 처벌당한 사건이었다.

1971년 무연고자로 오해받아 서울시립정신병원에 수용되는 일도 있었다고 한다.

1972년 친구의 여동생인 목순옥씨와 결혼했다.

1979년 시집 『주막에서』를 펴냈다.

천상병 시인은 1993년(63세)에 지병인 간경화증으로 별세했다. 유고시집으로 『나 하늘로 돌아가네』, 『천상병 전집』 등이 있다.

1935년 경북 상주에서 태어난 부인 목순옥 여사는 고교 2학년 때 오빠의 친구였던 천 시인을 만난 것을 인연으로 평생을 뒷바라지했다. 천 시인이 67년 동백림 사건에 연루돼 고문을 받고 폐인이 된 채 행려병자로 떠돌다 71년 발견되자 그를 헌신적으로 간호해 이듬해 결혼했다.

목씨는 1885년 서울 인사동에 전통찻집 '귀천'을 열어 시인 묵객들의 명소로 만들었고, 2008년 천상병 기념사업회를 설립하기도 했다. 천상병의 시에서 우리는 순진 무구(純眞無垢)와 무욕(無慾)을 읽을 수 있다. 그는 현란하거나 난해하지 않으면서도, 사물을 맑고 투명하게 인식하고 담백하게 제시한다. 죽음을 말하면서도 결코 허무나 슬픔에 빠지지 않고, 가난을 말하면서 구차스러워지지 않는다.

목순옥 여사는 복막염에 의한 패혈증 증세로 서울 강북삼성병원에 입원해 수술을 받았지만 상태가 회복되지 않아 향년 75세로 생을 마쳤다.

고인의 유해는 '남편과 함께 묻히고 싶다'는 뜻에 따라 천 시인의 묘를 의정부시립공원묘지(경기 양주시 광적면)로 옮겨 합장했다.

그의 시들은 어떻게 보면 우리 시사(詩史)에서 매우 이단(異端)적인 것처럼 보이지만, 시인이라는 세속적 명리(名利)를 떨쳐버리고 온몸으로 자신의 시를 지킨, 진정한 의미의 순수 시인이라 할 수 있다.

그의 시는 티 없이 맑고 깨끗한 서정을 바탕으로 하여 자연의 아름다움과 인간의 순수성을 되비쳐 보여준

다. 동심에 가까운 이러한 순진성은 가난과 죽음, 고독
등 세상사의 온갖 번거로움을 걸러내고 있으며 일상적
인 쉬운 말로 군더더기 없이 간결하고 명료하게 표현하
기 때문에 친근감을 느끼게 한다.

(天燈文學會長)

이진호

兒童文學家 文學博士/충청일보 신춘문에 데뷔('65),제
11회 한국아동문학작가상('89), 제5회 세계계관시인
대상, 제3회 한국교육자대상, 제2회 표암문학 대상,
제1회 국제문학시인 대상, 시집:「꽃 잔치」외 5권, 동
화집:「선생님 그럼 싸요?」외 5권, 작사작곡 411곡 집
필 '좋아졌네 좋아졌어' 외

꽃

김 춘 수
감상평 **박 종 구**

내가 그의 이름을 불러주기 전에는

그는 다만

하나의 몸짓에 지나지 않았다

내가 그의 이름을 불러주었을 때

그는 나에게로 와서

꽃이 되었다.

내가 그의 이름을 불러준 것처럼

나의 이 빛깔과 향기에 알맞은

누가 나의 이름을 불러다오

그에게로 가서 나도

그의 꽃이 되고 싶다

우리들은 모두

무엇이 되고 싶다
너는 나에게 나는 너에게
잊혀지지 않는 하나의 눈짓이 되고 싶다.

시인은 꽃이 되고 싶다고 한다. 자신을 꽃이라
고 불러주는 그에게로 가서 그의 꽃이 되고 싶다고
한다. 또한 시인은 잊혀지지 않는 하나의 눈빛이
되고 싶다고 한다.
시인 김춘수(金春洙)는 무엇이 되고자 하는 '분수'
에게 이렇게 묻는다.

모든 것을 바치고도
왜 나중에는
이 찢어지는 아픔만을
가져야 하는가

네가 네 스스로에 보내는
이별의
이 안타까운 눈짓만을 가져야 하는가.

무엇이 되고자 하는 몸부림은 이토록 처연함인지도 모른다. 무엇이 되고자 하는 그것은, 인간의 한계에 도전하는 의지일 수도 있다. 마침내 부서지고 마는 나약한 것들… 그래서 누군가 나에게 이름을 지어 주고 그 이름을 불러주는 그 누군가를 향한 목마름의 빛깔이 시인의 꽃으로 다가온다.

박종구

경향신문 동화 「현대시학」 시 등단,
시집 「그는」 외, 칼럼 「우리는 무엇을 보는가」외 한국기독교문화예술대상, 한국목양문학대상.
월간목회 발행인

술보다 케이크를 사라

강 덕 영

‖세상은 나름대로 고유의 문화 울타리가 있다‖

우리 인생은 어딘가 끊임없이 소속되어 살아간다. 세월이 갈수록 소속의 범위가 점점 넓어지는 것이 인생사라 할 수 있다.

그런데 우리가 소속되는 각 곳마다 그 나름대로 이미 형성된 문화가 있어 그 기존의 틀은 깨기가 쉽지 않다.

나는 크리스천으로서 기업을 이끌고 있기에 나름 기독교 정체성에 맞는 기업문화를 바르게 세워보려 노력해 왔다. 그런데 이 중에서 가장 힘들었던 것이 바로 음주문화를 바꾸는 것이었다.

지금은 많이 달라졌지만 20여 년 전엔 영업사원들이 접대를 위해 술자리를 갖는 것이 일반적이었다. 그러나 신앙인으로서 나는 이 부문이 영 거슬렸다. 술 접대문화를 그대로 인정하기 힘들었던 것이다.

술 접대 금지를 명령하자 영업사원들은 이를 못 하게 하면 어떻게 영업을 하라는 것이냐며 크게 반발했다. 다른 회사들이 다 하는데 우리만 안 하면 경쟁에서 밀려나 판매실적이 부진할 것이라고 우려했다.

그러나 나는 이를 양보하지 않았다. 술은 잠시 즐거움을 줄지 몰라도 건강을 해치고 실수를 하게 하니 내가 사장으로 기업을 책임지는 한 안 된다고 단호히 주장했다. 직원들에게 술 접대는 하지 말고 차라리 가족들이 함께 즐길 수 있도록 케이크를 사서 선물하라고 했다.

그 결과 놀라운 것은 영업사원들의 우려와 달리 술 접대를 하지 않고도 우리 회사는 타사보다 더 빨리 더 활기 차에 성장할 수 있었다는 사실이다. 그리고 이 전통은 우리 회사의 기업문화로 자리 잡아 지금까지 계속되고 있다.

우리는 가정의 울타리, 직장의 울타리, 사회의 울타리, 국가의 울타리 등등 가는 곳마다 울타리 안의 한 구성원으로 살아간다. 그리고 그 울타리는 나름대로 고유의 문화가 있다. 그 문화가 바르고 건전하며 진취적일 때 그 가정과 직장, 사회와 국가가 발전하고 성장한다.

행복했던 가정, 잘 되던 회사, 잘 살던 나라가 순식간에 불행해지고 파산하고 망하는 것은 잘못된 문화 때문이다. 우리는 주변에서 가장의 실수로, CEO의 부도덕함으로, 지도자의 과욕으로 가정과 회사와 나라가 무너지는 것을 똑똑히 보아 왔고 피부로까지 느끼고 있다. 역사를 돌아보면 세계를 호령하던 나라들이 그 명망권세를 유지하지 못하고 지금은 지극히 빈한한 나라로 전락한 사실을 목도하고 있다. 그렇게 세계를 지배하고 떵떵거렸지만 잘못된 문화가 국민을 순식간에 타락시켜 망하게 만들었던 것이다.

우리는 인생의 지침서인 성경을 통해서 수많은 교훈을 얻을 수 있다. 성경의 갖가지 사건들은 잘못된 믿음과 잘못된 선택의 결과가 얼마나 무서운 것인가를 분명히 알도록 가르쳐 주고 있다.

나는 크리스천 오너로서 회사를 운영하며 최대

한 깨끗하고 건전한 기업문화를 유지하려고 노력해 왔다. 쉽지는 않았지만 이제 기업 역사가 30년이 훌쩍 넘고 보니 안착되어가는 것 같아 기쁘다.

나는 10여 년 전부터는 한국 기독교 역사가 150년을 향해 가는데 바른 기독교문화가 제대로 자리잡지 못하고 있는 것 같아 안타깝게 생각했다.

기독기업인으로서 하나님이 기뻐하실 일을 찾아보다가 경기도 광주 곤지암에 기독교문화의 정체성을 바로 세우는 기독교역사박물관과 성경신구약서 박물관을 연이어 건립하게 되었다.

두 기독교 박물관을 탄생시키는 데는 적잖은 예산도 필요했지만 여기에 성서유물기증한 분과 자원봉사자들의 절대적 노력이 더해져 이루어졌음에 감사를 드린다.

이곳을 둘러본 크리스천들과 비 기독교인들조차도 "이곳에서 한국기독교의 역사와 성경의 핵심 내용을 크게 깨닫게 되었다"고 칭송하여 보람과 긍지를 느낀다.

그동안 기독교정신을 바탕으로 한 기업문화를

이루려고 노력했고 이런 노력은 앞으로도 계속될 것이다. 그래서 바르고 아름다운 문화가 세상에 널리 스며들어 기독교 정신과 교훈이 세상에 편만해지기와 모든 가정과 직장, 사회에서 바른 기독교 문화를 앞장서 이루는 이들이 더 많아지길 기도한다.

강덕영

「한국크리스천문학」 등단, 저서 『그럼에도 불구하고 할 수 있다』 외 다수, 한국외국어대 및 경희대 대학원 졸업, 대한신학대학원대학교 이사장 역임, 현) 한국유나이티드제약 사장

새 해의 노래. 1

김 소 엽

수없는 실수와
잘못된 삶에도
책망치 않으시고
다시 새 날과 새 해를 주시는
사랑의 하나님

귀한 자에게나 비천한 자에게나
부요한 자에게나 가난한 자에게나
성공한 자에게나 실패자에게나
누구에게나 똑같은 분량의 햇빛을 주시고
너는 내 사랑하는 자녀이니
내 안에서 충분히 새롭게 출발할 수 있다고
다시금 기회를 주시는
공의의 하나님

매일 아침
주의 말씀을

듣게 하시고 보게 하소서
말씀의 양식으로
지팡이를 삼게 하시고
설레는 마음으로
하루를 시작하고
감사하는 마음으로
하루를 닫게 하소서

나의 나날이
기도로 열려지고
기도로 빗장 걸게 하시며
성령의 날빛과
은혜의 씨줄로 하루를 엮어
감격으로 젖는
카이로스의 시간 위를
삼백육십오일 눈 감고도
평안히 걸어가게 하소서.

김소엽

이대문리대영문과 및 연세대 대학원 졸업, 명예문학박사, 『한
국문학에 「밤」,「방황」등 작품이 서정주 박재삼심사로 등단,
시집 「그대는 별로 뜨고」,「마음속에 뜬 별」,「그대는 나의
가장 소중한 별」,「별을 찾아서」 외15권
* 윤동주문학상 본상, 46회 한국문학상, 국제IPEN문학상, 제
7회 이화문학상, 대한민국신사임당 상등 수상
현) 호서대교수 은퇴 후 대전대석좌교수 재임 중

흐르면서 머물면서

손 해 일

아래로 더 아래로
낮은음자리표가 흘러 간다
누가 부질없다 하리
만상이 흐르는 융융한 일렁임을

여울목에 좌초된 혼
더러는 거품으로 스러지고
더러는 앙금으로 가라앉고
더러는 수렁 속에 썩고 썩지만
무심한 버릇으로 흐르다 보면
머무는 것 또한 어려운 일

빛나는 아침의 출정에도
빈손뿐인 귀로
나 아닌 나를 만난다

수없는 자맥질에

우리의 물배는 얼마나 부르고

맨살은 얼마나 부르텄는가

잠시 눈 감으면

잊혀질 것들을 위하여

우린 또 얼마나 흘러가야 하는가

하릴없는 뗏목처럼

뗏목처럼.

손해일

서울대 졸업, 홍익대대학원 졸업(1991 문학박사)
시문학 등단(1978), 시집 「신자산어보」등 저서 14권
국제펜한국본부 35대이사장, 한국현대시협 23대 이사
장 등.
대학문학상, 시문학상, 소월문학상, 매천황현문학 대상 등

나뭇가지에 걸린 남자

유영자

박목사는 새벽기도회 인도를 마치고 밖으로 나왔다. 새벽어둠이 서서히 물러가며 신선한 공기가 와락 피부 속으로 스며들었다. 찬송을 흥얼거리며 층계를 내려오는데 교회 쪽문이 요란스럽게 열리며 김집사가 정신없이 뛰어 들어왔다.

"집사님! 이 새벽에 웬일이십니까?"

놀란 목사가 층계를 뛰어 내려오며 물었다.

"목사님, 큰일 났어요! 어젯밤 1시쯤 남편 제자한테서 전화가 왔거든요? 남편이 술에 많이 취해 우리 동네 언덕 위까지 모셔다 드렸으니 곧 들어갈 거라구요. 그런데 그 후 소식이 끊긴 채 지금까지 아무 연락이 없어요!"

"갈만한 곳은 다 찾아 보셨어요?"

"네, 밤새껏 샅샅이 뒤지고 다녔지만 못 찾았어요. 경찰서에 실종 신고하러 가는 길에 목사님께 알리려고 찾아 왔어요."

"그러면 빨리 신고부터 하고 봅시다."

목사는 성경 찬송을 집 안에 들여 놓고 앞장을

섰다. 뒤를 따르는 김집사는 미안하여 연신 굽실굽실 몸 둘 바를 몰라 했다. 그때 새벽 기도를 마치고 귀가했던 강장로가 얼굴이 하얗게 질려 다시 교회로 돌아 왔다.

"목사님, 목사님! 제 말 좀 들어 보세요."

장로가 목사를 불러 세웠다. 그리고 작은 소리로 말을 했다.

"요 밑에 느티나무 있지요? 그 느티나무 가지에 사람이 매달려 있어요. 아무래도 목을 맨 것 같은데 확인하기가 무서워 목사님께 달려 왔어요."

자살이라니. 목사의 얼굴에서 핏기가 싹 가셨다.

"우선 가까운 쪽부터 가 봅시다."

그들은 경찰서로 가던 발길을 돌려 느티나무가 있는 곳으로 향했다. 느티나무가 가까워지자 나무에 매달린 사람의 윤곽이 희미하게 보였다. 얼굴은 가지에 가려 보이지 않았으나 땅을 향해 축 처진 팔다리에는 생명의 기운이 느껴지지 않았다. 스스로 목을 맨 사람은 처음 보는 터라 박목사도, 강장로도, 김집사도 더 이상 발걸음이 떼어지지 않았다. 그래도 신원을 확인해야 했기에 누군가 용기를 내야 했다. 박목사가 어렵게 한 발자국 앞으로 옮기려는 순간이었다.

"잠깐만요, 팔이 움직여요!"

강장로가 가리키는 사람의 팔이 앞뒤로 희미하게 움직이고 있었다. 죽지 않았구나! 두려움이 가신 세 사람은 빠르게 느티나무 밑으로 다가갔다. 그때 김집사가 전기 충격을 받은 것처럼 우뚝 멈추어 섰다. 그녀의 가슴이 철렁 내려앉고 쿵쿵 뛰기 시작했다.

'카키색 잠바에 베이지색 바지? 저 옷은 어제 아침 남편이 출근할 때 입고 나갔던 옷차림인데?'

가까이 가서 나무에 매달린 남자를 자세히 올려다보았다. 분명히 남편이었다. 의심할 여지가 없다.

"여보!!"

김집사의 비명에 놀란 목사와 장로는 재빨리 달려들어 나뭇가지에서 최 교수를 끌어내렸다. 다친 곳 하나 없이 멀쩡한 최 교수의 몸에서는 술 냄새가 진동했다.

최 교수는 훌륭한 학자다. 우리나라에서 최고로 손꼽히는 공학박사로, 해외 저널에 여러 번 논문이 실린 유명한 학자다.

"저는 최동엽 교수님 제자입니다."

이 한마디면 면접 자리에서 프리패스로 통할 정

도이다. 최 교수는 학술적 성과뿐 아니라 각별한 제자 사랑으로도 유명했다. 형편이 어려운 학생이 학비를 못 내 휴학이라도 할라치면 사비를 털어 등록금을 내주기도 하고, 제자 개개인의 사연에 귀를 기울이고 진심어린 조언과 격려를 해 주는 데 시간을 아끼지 않았다. 때문에 수많은 학생들은 최 교수 밑에서 조교 노릇을 하며 연구에 동참하려고 암암리에 경쟁이 치열했다. 강의 또한 명강의라 타학과 학생들까지 도강할 정도였다. 이처럼 훌륭한 최 교수에게 딱 한 가지 결점이 있었다. 술을 너무 마신다는 것이었다. 관명대학교 안에서 술 마시기 경연이 열린다면 단연코 금메달감인 두주불사였다. 그러다 보니 술에 취해 망신살이 뻗친 일이 한두 번이 아니었다.

그날도 최 교수는 퇴근 후 몇 명의 제자들을 몰고 학교 앞 횟집으로 들어가 만취할 때까지 술을 마셨다. 그것으로 만족하지 못한 그는 시내에 있는 단골 술집으로 자리를 옮겨 소주와 맥주를 섞어 정신없이 마셨다. 인사불성이 된 최 교수는 제자 한 명의 손에 이끌려 택시에 올라탔다. 택시가 집 근처 언덕 위를 오르고 있을 때 쯤, 갑자기 오줌이 마려워 견딜 수가 없었다.

"나 내릴래."

"아직 댁에 도착 안 하셨는데요, 교수님?"

"나 내릴래. 내려야 해!"

다짜고짜 차 문을 열려는 최 교수 때문에 택시는 언덕 꼭대기에서 멈춰 섰다. 부리나케 택시 밖으로 뛰쳐나가 사라지는 최 교수의 뒷모습을 보며 제자는 김집사에게 전화로 상황 보고를 하고 집으로 돌아갔다.

그 사이 최 교수는 공중화장실을 찾았다. 그러나 방향 감각이 마비되어 버린 그의 눈에 화장실이 보일 리 없었다. 오줌은 나오려고 하고, 화장실은 안 보이고, 급해진 마음에 근처 공영주차장으로 비틀거리며 들어갔다. 그리고 빽빽이 서 있는 자동차 중에서 키가 가장 큰 트럭 뒤에서 체면 불구하고 일을 보기시작 했다.

"아~, 시원하다."

한참 오줌이 쏟아져 나오는데, 아뿔사, 트럭에 시동이 걸리는 게 아닌가. 수도꼭지라면 잠그고 도망이라도 치련만, 폭포수처럼 쏟아지는 오줌발을 도저히 멈출 수가 없었다. 결국 최 교수는 트럭이 움직일 때마다 한 발자국씩 따라가며 오줌을 누었다. 하지만 한낱 술 취한 인간이 트럭을 언제까지 따라잡을 수 있으랴. 트럭은 방향을 틀어 쌩 하니 멀어졌다. 트럭과 달리 술 취한 최 교수는 쉽게 방향을 틀 수 없었다. 지금껏 움직이던 방향으로 한 발자국, 두 발자국, 비틀거리며 계속 걸음을 옮기는데 순간 발아래가 허전한 느낌이 들었다. 그리고 쑥! 언덕 아래로 추락했다.

"언덕에서 미끄러져 떨어지면서 겉옷이 나뭇가지에 걸린 것 같아요."

"맨 땅에 떨어졌으면 죽을 뻔했는데 나무 덕분에 목숨을 건졌네요."

"목사님, 남편 술 끊게 해 달라고 매일 기도하는데 하나님께선 왜 안 들어 주시는지 모르겠어요."

어렴풋이 들려오는 대화소리에 최 교수의 정신이 천천히 돌아왔다. 몇 시간 전의 일이 조각난 종이처럼 띄엄띄엄 떠오르기 시작했다. 언덕 위, 주차장, 트럭, 오줌, 추락…… 지퍼! 갑자기 눈이 번쩍 뜨였다. 바지 지퍼를 열어둔 상태라는 게 기억났기 때문이다.

"최 교수님, 정신이 드세요?"

"최 교수님, 제 말 알아듣겠어요?"

박목사와 강장로가 최교수의 얼굴을 들여다보며 외쳤다. 최교수는 다시 눈을 천천히 감으며 아직

정신을 못 차린 척 의미 없는 말을 웅얼거렸다. 맨 정신으로 목사님과 장로님을 마주하기엔 너무 망신스러운 모습이었기 때문이었다.

때는 새벽 5시, 세상은 멈춘 듯 고요하고 하늘엔 새벽별들만 총총했다. 최 교수는 별들을 올려다보며 혀 꼬부라진 소리로 맹세를 했다.

"앞으로 또 술을 마시면 난 개 자식이다."

유영자

「크리스천문학나무」 등단, 저서 『24가지 동화로 배우는 하나님 말씀』, 수필집 『양말 속의 편지』, 『감사의 향기로 나를 채우다』(공저), 크리스천문학나무문학회 회원, MBC 문화방송 신인문예상 수상, 남포교회 집사

『도리언 그레이의 초상』과 『큰 바위 얼굴』

최 명 덕

세계명작 중 내용이 상반되는 두 작품이 있다. 하나는 오스카 와일드의 「도리언 그레이의 초상」이고, 다른 하나는 나다니엘 호손의 「큰 바위 얼굴」이다. 이 두 작품을 통해 우리는 누구를 닮아야 할까 살펴보자.

오스카 와일드의 「도리언 그레이의 초상」

도리언 그레이라는 잘생긴 청년이 있었다. 그는 뛰어난 외모로 대중의 선망의 대상이었다. 그런 그를 한 화가가 혼신의 힘을 다하여 도리언 그레이의 초상화를 완벽하게 그렸다. 매우 아름다운 그림이었다. 이를 본 도리언은 흡족한 마음에 '초상화에 담긴 것처럼, 아름다운 모습 그대로 평생 산다면 얼마나 좋을까? 나는 늙지 않고, 초상화가 대신 늙어줄 수 있다면 얼마나 좋을까?'하고 생각했다.

1. 시빌 베인의 죽음

얼마 후 도리언은 연극배우 시빌 베인을 만났다. 도리언은 '로미오와 줄리엣' 공연에서는 완벽한 줄리엣이 되고, '햄릿'에서는 완벽한 오필리어가 되는 시빌 베인을 천재로 여기고 사랑에 빠진다. 이로 말미암아 두 사람은 사랑하고 결혼까지 약속한다.

그런데 시빌 베인에게 문제가 생긴다. 도리언 그레이를 너무 사랑한 나머지 감동하여 사랑 연기를 하지 못한다. 시빌의 형편없는 연기를 보고 실망한 도리언 그레이가 "당신, 이 정도밖에 안 되는 여자였어?"라며 모욕을 준다. 그리고 파혼을 선언한다. 이 일로 충격 받은 시빌은 자살하고, 이때부터 그레이의 초상화가 변하기 시작한다. 그렇게 아름답던 초상화의 얼굴이 흉하게 변했다.

그러나 이상하게도 도리언 그레이의 얼굴은 전혀 변하지 않았다. 38살이 되었을 때도 초상화를 그릴 때인 20살의 얼굴로, 여전히 아름다운 모습이었다. 이를 이상하게 여긴 사람들은 "도리언 그레이가 젊음을 유지하기 위해 자기의 영혼을 팔았다"라는 소문까지 돌았다.

도리언 그레이의 초상화를 그렸던 화가도 이상한 생각이 들었다. '어떻게 20여 년 전 얼굴이 그대로지?' 이에 화가는 그레이의 집을 방문하여 초상화를 보여 달라고 요청했다. 그리고 도리언 그레이 대신 초상화가 늙는다는 사실을 알게 되었다. 그리고 그가 나쁜 짓을 할 때마다 초상화가 흉측하게 변하는 것도 알게 된다.

2. 살인 사건과 행방불명

비밀이 탄로나 자신의 명성에 금이 갈 것을 두려워한 도리언은 화가를 살해한다. 그리고 화가의 시신을 처리하기 위해 화학자 친구에게 도움을 요청한다. 그 얼마 후 화학자 친구도 살해당한다. 이상하게도 도리언과 가까이하는 사람은 전부 죽거나 행방불명이 된다.

시간이 지나면서 마약에 빠져 마약 소굴에서 지내던 도리언은 거기서 자신 때문에 자살한 시빌의 남동생을 만난다. 그 후 이상하게도 시빌의 남동생도 실종된다.

3. 그레이 도리이언의 죽음

불행한 일들이 반복되면서 불안과 고통을 느끼던 도리언은 초상화가 이 모든 일의 원흉임을 알게된다. 그리고 분노에 가득 차 화가를 죽였던 칼로자신의 초상화를 내리 찍는다. 이때 비명 소리와함께 이상한 일이 벌어진다. 초상화가 아니라 도리언이 칼에 맞아 죽었고, 도리언의 얼굴이 늙고 흉측하게 변해 버리고 초상화가 다시 도리언의 아름다운 모습으로 변했다.

이 작품에서 오스카 와일드는 도리언처럼 사는사람을 고발한다. 자기 자신의 모습만 사랑하는 사람의 최후가 어떠한가를 보여준다.

나다니엘 호손의 「큰 바위 얼굴」

「주홍글씨」로 유명한 나다니엘 호손의 '큰 바위얼굴'은 '도리언 그레의 초상'과는 상반된 내용이다.그 내용은 다음과 같다.

미국의 한 작은 마을에 큰 바위 얼굴이라고 불리는 바위산이 있었다. 어니스트는 큰 바위 얼굴을 동경했다. 그의 어머니는 "우리 마을에 큰 바위 얼굴을 닮은 위대한 인물이 나타날 것이다"라는 전설을 들려주었다. 이에 어니스트는 "내가 크면 큰 바위 얼굴을 만날 수 있을까?"라고 물었고, 어머니는 그럴 수 있다는 답을 주었다. 이후 어니스트는 매일 큰 바위 얼굴을 닮은 위대한 인물을 기다렸다.

1. 개더골드라는 부자

어니스트의 청소년 시절, 마을에 큰 바위 얼굴이 나타났다는 소문이 들린다. 개더골드라는 사람인데, 성공한 사업가로 백만장자였다. 그는 성공한 후 여생을 고향에서 보내겠다고 돌아왔다. 그가 마차를 타고 마을로 돌아왔을 때, 사람들은 개더골드가 가난한 사람을 구제하여 사람들을 행복하게 할 줄 알았다. 하지만 그는 전혀 그럴 마음이 없었다. 어려운 사람을 돕기는커녕, 구걸하는 거지에게 동전을 몇 개를 던지며 뿌리치는 사람이었다. 개더골드는 이익만 추구하는 수전노의 얼굴을 가지고 있었다.

이에 실망한 어니스트는 슬픈 마음으로 큰 바위

얼굴을 바라본다. 그러자 큰 바위 얼굴이 '어니스트야 기다려라. 반드시 큰 바위 얼굴이 온단다'라고 말하는 것 같은 마음이 들었다.

한편 개더골드는 얼마 후 초라하게 몰락했고 비참하게 객사하였다. 사람들은 그를 큰 바위 얼굴이 아니라고 생각했고 그를 기억하지도 않았다.

2. 올드 블러드 앤드 선더 장군

어니스트가 청년이 되었을 때, 마을에 큰 바위 얼굴이 나타났다는 두 번째 소문이 들린다. 올드 블러드 앤드 선더라는 유명한 장군이었다. 나라에 혁혁한 공을 세운 그에게 많은 사람들이 기대했다. 그는 마을에 돌아와 큰 잔치를 베풀었고, 어니스트도 기대하는 마음으로 참석했다. 그런데 잔치에 너무 많은 사람이 참석하자 그의 호위병들이 사람들을 더 이상 잔치에 참여하지 못하도록 막았다. 심지어 늦게 도착한 사람들을 밀어 땅바닥에 쓰러뜨렸다. '큰 바위 얼굴이라면 이렇게 사람을 대하지 않을 텐데'라는 생각이 들었다.

어니스트는 올드 블러드 앤드 선더의 얼굴에서

강한 의지와 힘은 볼 수 있었지만, 자애로움과 지혜는 볼 수 없었다. 그는 큰 바위 얼굴이 아니라, 전쟁광의 얼굴을 하고 있기 때문이었다. 이에 어니스트는 또다시 실망하였다.

3. 올드 스토니 피즈라는 정치가

세월이 흘러 어니스트는 중년이 된다. 사람들은 따뜻하고, 지혜가 있는 어니스트를 좋아했다. 그러던 어느 날 마을에 큰 바위 얼굴이 등장했다는 세 번째 소문이 들렸다. 올드 스토니 피즈라는 성공한 정치가였다.

그는 대단한 연설가로 사람들의 마음을 사로잡는 힘이 있었다. 돈이나 권력을 움직일 수 있는 말의 힘을 갖고 있었다. 이로 말미암아 그를 추종하는 사람들이 생겼고, 올드 스토니 피즈를 대통령으로 삼으려고 했다. 이에 그는 대통령이 되기 전에 고향을 방문한다. 그가 백마 네 마리가 끄는 마차를 타고 올 때, 사람들은 환호하면서 "큰 바위 얼굴이다"라고 외쳤다. 어니스트도 이때 흥분했다. 그러나 어니스트는 다시 실망한다. 그는 큰 바위 얼굴처럼 당당하고 힘찬 외모를 가지고 있었지만, 그의 얼굴에 사랑보다는 권력과 명예욕이 가득한 모습이 보였기 때문이다.

4. 유명한 시인

노년기에 들어선 어니스트는 사람들을 깨우치는 설교가가 되었고, 존경받는 인물이 된다. 그가 설교할 때면 많은 사람이 그의 말에 귀를 기울였다. 그의 말에 하나님의 진리가 있고, 삶에 진정성이 있기 때문이었다. 바로 그때 큰 바위 얼굴로 추정되는 유명한 시인을 네 번째로 만난다.

시인은 하나님의 영감으로 말미암아 사람들의 마음에 깊은 감동을 주었다. '큰 바위 얼굴'이라는 그의 시를 읽으면 큰 바위 얼굴이 입을 열어 우렁찬 소리를 발하는 것처럼 느껴졌다. 산에 대하여 쓴 시를 읽으면 하나님의 영광이 가득한 산을 보는 것 같았다. 호수에 대하여 쓴 시를 읽으면 하늘의 지혜가 호수에 가득한 모습을 볼 수 있었다. 바다에 대하여 쓴 시를 읽으면 웅장한 바다가 그에게 순종하는 듯한 감동을 받았다.

그가 행복한 마음을 가지고 세상에 대하여 시를 쓰면 세상이 다 행복해졌습니다. 이러한 시인의 작품에 감동한 어니스트는 그에게 하나님의 지혜가 있다고 생각했다. 하지만 어니스트는 자신을 찾아온 시인을 만나 이야기하는 가운데, 그의 얼굴도 큰 바위 얼굴이 아님을 알고 실망한다.

그런 어니스트에게 시인은 "시를 쓰며 훌륭한 이상을 꿈꿨지만, 현실 속에서 신념을 지키지 못하고 타협하며 살았다"라고 고백하며 자신은 큰 바위 얼굴과 같은 존재가 아님을 인정했다.

5. 어니스트

시인과 대화를 마친 어니스트가 설교하러 단상에 올라섰다. 어니스트의 설교는 따뜻하고 온화했으며 사랑이 넘쳤다. 더구나 언행일치의 삶을 사는 그의 설교는 더욱 힘이 있었다. 그런 그의 설교를 듣던 시인은 어니스트가 곧 큰 바위 얼굴과 닮은 인물이라는 사실을 발견하고 "어니스트가 큰 바위 얼굴이다"라고 외쳤다. 그의 외침에 사람들도 큰 바위 얼굴과 어니스트가 닮았다는 것을 발견하고 놀란다.

하지만 어니스트는 자신보다 더 훌륭한 인물이 큰 바위 얼굴일 것이라고 하며, 그런 사람이 반드시 나타날 것이라고 말한다.

"나는 아직도 큰 바위 얼굴을 기다립니다."

두 작품이 주는 메시지

여기서 우리는 무엇을 바라보느냐에 따라 그 인생이 결정된다는 것을 발견하게 된다.

나만 바라보는 사람은 도리언 그레이와 같은 존재가 된다. 도리언 그레이처럼 자신의 완벽한 초상화만 바라보면 주위에 질투와 분열, 싸움, 살인이 끊이지 않는다. 자신의 영광만 추구하는 도리언 그레이의 내면세계가 멋있는 외모와는 달리 형편없기 때문이다.

반면 큰 바위 얼굴을 바라본 어니스트는 달랐다. 어니스트는 큰 바위 얼굴을 동경하며 자신의 유익이 아니라 더 나은 삶과 세상을 꿈꾸었다. 그 결과 그 자신이 큰 바위 얼굴과 같이 변하게 된 것이다.

나는 무엇을 바라보고 누구를 닮아야 할까? 오

스카 와일드의 '도리언 그레의 초상'은 자기 자신의 모습만 사랑하는 사람의 최후가 어떠한가를 보여준다. 나다니엘 호손의 '큰 바위 얼굴'은 큰 바위 얼굴과 같은 위대한 인물을 기다리는 사람의 아름다운 삶을 보여준다. 두 작품을 통해 무엇을 바라보느냐에 따라 우리 인생이 좌우된다는 사실을 알 수 있다.

다른 사람을 돌보지 않고, 나만 바라보는 사람은 도리언 그레이와 같은 존재가 된다. 도리언 그레이처럼 자신의 완벽한 초상화만 바라보면 주위에 질투와 분열, 싸움, 살인이 끊이지 않는다.

큰 바위 얼굴을 바라보는 마음처럼 겸손하고 맑은 심성을 가진 사람은 큰 바위 얼굴과 같은 위대한 인물이 될 것이다.

최명덕

「한국크리스천문학」 등단, 저서 『유대교의 기본진리』 외 다수, 건국대 히브리학과, 문화콘텐츠학과 교수, 한국이스라엘연구소 소장, 한국이스라엘문화원 이사. 현) 조치원성결교회 담임목사

어느 작가님의 감동

세계 3대 도시 빈민이 모여 사는 필리핀의 톤도에서 한 아이가 내게 물었다.

"햄버거는 어떤 맛인가요?"

"궁금하니?"

"정말 궁금해요. 사람이 잠들기 전에 자꾸 상상하면 상상했던 것들이 꿈에 나온다고 하잖아요. 그래서 생각날 때마다 잠들기 전에 햄버거를 상상해 보곤 하는데…… 꿈에 나오질 않아요. 사실 본 적도 없고, 먹어 본 적도 없으니 제대로 상상조차 할수 없어요."

"작가님은 햄버거 먹어봤어요?

평생 사라지지 않는 행복(1)

나는 다음날 아침 일찍 시내로 나가 아이가 넉넉하게 먹을 수 있게 햄버거를 3개 사서 등교한 아이 가방에 몰래 넣어 두었다.

그런데 이상하게 아이는 햄버거를 먹지 않았다. 공책과 필기도구를 꺼내기 위해 분명 가방 안을 들여다봤을 테고, 햄버거의 존재를 알아차렸을 텐데. 아니 냄새만 맡아도 눈치 챘을 텐데 싶어서 아이에게 다가가 물었다.

"혹시 가방 안에 햄버거 있는 거 발견하지 못했니?"

"아니요, 알고 있어요. 하지만 햄버거를 준 분에게 고맙다고 말하지도 못했는데 어떻게 그냥 먹을 수 있겠어요. 혹시 작가님이 넣어 주신 건가요?"

"응 그래. 알았으니 이제 어서 먹어, 상하기 전에."

"아, 감사합니다."

아이는 웃으며 대답하더니 주변을 살폈다. 순간 혼자 3개를 모두 먹고 싶은 마음에 주변 친구들의 눈치를 보는 게 아닐까 의심했지만, 아이의 행동에 나는 반성할 수밖에 없었다.

아이는 친구를 경계한 게 아니라 친구들의 수를 헤아린 거였다.

식당에서 칼을 가져온 아이는 햄버거 3개를 15개로 잘라서, 모여 있던 친구들과 함께 나눠 먹었다.

"왜 나누는 거니? 햄버거 먹는 게 소원이었잖아."

"혼자 먹으면 혼자 행복하잖아요. 이렇게 많은 친구가 있는데, 혼자만 행복하다면 그건 진짜 행복이 아니라는 생각이 들어서요. 나눠 줄 수 없다는 건 불행이니까요. 조금만 먹어도 저는 행복해요. 우리가 모두 함께 먹었으니까요."

최악의 빈민가에 사는 아이들!

아이들은 황폐한 곳에서 불행한 운명을 타고난 것 같지만, 고통 속에서도 밝은 내일을 꿈꾼다.

쓰레기로 가득한 동네에 살지만, 세상을 바꿀 엄청난 꿈을 갖고 산다.

어떤 사람은 아이들이 불행한 운명을 타고 났다고 말하지만, 내 생각은 좀 다르다. 정말 불행한 건, 엄청난 돈과 시간을 쏟아 붓고도 불행에서 빠져나오지 못하는 사람들이다.

조아(爪牙)(2)
하늘의 제왕은 독수리로 독수리의 무기는 발톱

(爪)이고, 지상의 왕자는 호랑이로 호랑이의 무기는 이빨(牙)이다.

독수리의 발톱과 호랑이의 이빨 즉, 자기를 보호해주는 강력한 무기를 조아(爪牙)라고 한다. 사람에게 조아는 힘들고 어려울 때 자기에게 진정한 충고를 해주고 도와줄 수 있는 친구나, 적들로부터 위기에 처했을 때 몸 바쳐 구해줄 수 있는 신하를 말한다.

공자는 이를 쟁우(諍友)라고 했다.

진정한 선비가 되려면 쟁우가 적어도 한 명 이상 있어야 한다.

황제는 쟁신칠인(諍臣七人)이 있어야 하고,

제후가 되려면 쟁신오인(諍臣五人),

대부는 쟁신삼인(諍臣三人)이 있어야 하며,

아비에게도 쟁자(諍子)가 있어야 한다.

흔히 친구를 네 종류로 나눈다.

첫째는 꽃과 같은 친구다. 꽃이 피어서 예쁠 때는 그 아름다움에 찬사를 아끼지 않는다. 그러나 꽃이 지고 나면 돌아보는 이 하나 없듯이 자기 좋을 때만 찾아오는 친구는 바로 꽃과 같은 친구다.

둘째는 저울과 같은 친구다. 저울은 무게에 따라 이쪽으로 또는 저쪽으로 기운다. 그와 같이 자신에게 이익이 있는지 없는지를 따져 이익이 큰 쪽으로만 움직이는 친구가 바로 저울과 같은 친구다.

셋째는 산과 같은 친구다. 산이란 온갖 새와 짐승의 안식처이며 멀리서 보거나 가까이 가거나 늘 그 자리에서 반겨준다. 그처럼 생각만 해도 편안하고 마음 든든한 친구가 바로 산과 같은 친구다.

넷째는 땅과 같은 친구다. 땅은 뭇 생명의 싹을 틔워주고 곡식을 길러내며 누구에게도 조건 없이 기쁜 마음으로 은혜를 베푼다. 한결같은 마음으로 지지해 주는 친구가 바로 땅과 같은 친구다.

친구는 많음보다 깊이가 중요하다. 산과 같고 땅과 같은 친구가 진정한 조아이고 쟁우다.

길에서 길을 묻다(3)

돌아보면 먼 길을 걸어왔다. 희망과 좌절, 기쁨과 슬픔, 땀과 외로움 속에서 걷고 걷다가 어느새 나이가 들었다.

사람들은 지천명(知天命)이니 이순(耳順)이니 하며 삶의 연륜에 걸맞게 나이를 구분하여 말하지만, 아직도 여전히 삶은 어렴풋하기만 하다.

  젊은 시절에는 쓰러져도 다시 일어서는 뜨거운 열정이 있어 그렇게 삶을 하나씩 알아가려니 하였고, 나이 들면 도도히 흐르는 강물처럼 저절로 삶에 대한 생각이 깊어지고 지혜가 쌓이며 작은 가슴도 넓어지는 줄 알았다.

  그러나 지금 나는 또 어떤 모습으로 길을 걸어가고 있는 것일까? 흰머리 늘어나고 가끔씩 뒤를 돌아보는 나이가 되어서야 그 길에서 만나는 사람들 속에서 내 생각과는 다른 남의 생각을 인정하지 못하는 그 아집과 편협함이 지금도 내 안에 크게 자리하고 있음을 알게 되고, 나를 해치는 사람은 남이 아니라 미움과 탐욕 그리고 원망의 감정들을 내려놓지 못하는 바로 내 자신임을 깨닫는다.

  그리고 세 치의 혀 위에서 아름답게 춤추던 사랑이란 말도, 그것은 삶의 서글픔이고 영혼의 상처이며 아픈 고통이다.

그러나 그렇게 처절하게 다가서는 절망도 또 다른 빛의 세상으로 이끌어주는 새로운 통로가 될 것이니, 오늘도 수많은 사람들이 앞서 지나갔던 끝없이 펼쳐진 그 길을 바라보며, 이 순간 내가 가는 길이 옳은 길인지 그리고 그 길에서 내가 정말 올바르게 가고 있는 것인지 그 길에서 묻고 또 묻는다.

(위의 3제목 글은 퍼온 글로, 너무 아름답다고 중견소설가님께서 본사에 알려온 추천 글입니다. 이렇게 아름다운 글을 쓰신 원작 작가님께 양해와 감사를 드립니다.)

어른동화 도서안내—

이 시대에 이런 임금님이 있으면 얼마나 좋을까. 동화로 쓴 어른들 세상이야기/ 아부하는 내시/ 임금님의 귀 농부의 입/ 농부한테 귀 잡힌 임금님/ 원님네 비밀창고/ 대기실의 임금님/ 내시의 오만/ 태평성대 강구연월

46배판 / 80쪽
심혁창 저
정가 / 10,000원
도서출판 한글 발행

내 엄마의 손과 발

1960년대 초 일본의 어느 일류대학교 졸업생이 대기업인 한 회사 직원 공채 시험에 지원서를 제출했습니다.

2천여 명이 응모하여 30명이 1차 시험에 합격했고 합격자들 면접시험을 치르는 날입니다. 면접관은 상무, 전무, 사장 세 분이 면접 지원자들에게 여러 가지 다른 질문들을 던졌습니다.

이 청년이 사장 앞에 섰을 때 사장은 이 청년의 지원서 등을 한참 보고 난 후, "시험점수가 좋군." 그리고 "아버지가 일찍 돌아가셨고……." 사장께서는 이런저런 질문을 한 후에 청년에게 마지막 질문하기를, "어머니에게 목욕을 시켜드리거나 발을 씻겨드린 적이 있었습니까?"라는 사장의 질문에 청년은 무척 당황했고 거짓말을 할 수 없었습니다. 청년은 속으로 '이제 나는 떨어지겠구나!' 생각하면서 "한 번도 없었습니다." 하고 솔직히 대답했다

"그러면, 부모님의 등을 닦어드린 적은 있었나요?"

"네, 제가 초등학교에 다닐 때 등을 긁어드리면 어머니께서는 용돈을 주셨습니다."

청년은 불합격될 줄 짐작하면서 걱정되기 시작했습니다. 그러나 잠시 후 사장은 전무와 상무를 불러 무언가 귓속 말을 나누는 것이 보였습니다.

면접시간이 끝난 후 상무께서는 "최종 합격자 발표는 개별 통보된다"고 했습니다. 이 청년도 자리에서 일어나 인사를 하자 상무께서 청년을 따로 불러 이렇게 말합니다.

"사장님의 특별 지시 사항입니다. 내일 이 시간에 다시 여기로 오십시오. 하지만 사장님께서 한 가지 조건을 말씀하셨습니다. 어머니를 목욕이나 발을 닦아드린 적이 없다고 하셨죠? 내일 여기 오기 전에 꼭 한 번 어머니 발을 씻겨 드린 후에 사장님실을 방문하라고 지시하셨습니다. 할 수 있겠지요?"

청년은 꼭 그렇게 하겠다고 했습니다. 날아갈듯이 청년은 기뻤습니다. 그는 반드시 취업을 해서 어머니를 빨리 쉬게 해야 하는 형편이었습니다.

아버지는 그가 태어난 지 며칠이 안 돼 돌아가

셨고, 어머니가 품을 팔아 그를 키웠고 평생 학비를 댔습니다. 어머니의 바람대로 그는 도쿄의 최고 명문대학에 합격했고 또 우수한 성적으로 졸업을 했으며 대기업에 지금 응시했습니다.

학비가 어마어마했지만 어머니는 한 번도 힘들다는 말을 아들에게 한 적이 없었습니다. 이제, 그가 돈을 벌어 어머니의 은혜에 보답해야 할 차례였습니다. 청년이 집에 갔을 때, 어머니는 일터에서 아직 돌아오지 않았습니다. 청년은 곰곰이 생각했습니다.

'어머니는 하루 종일 밖에서 일하시니 틀림없이 발이 가장 힘든 부분이니 씻어 드려야 할 거야. 그러니 사장님께서도 발을 씻겨드리라고 지시하신 것 같아!'

집에 돌아온 어머니는 아들이 발을 씻겨드리겠다고 하자 의아하게 생각하셨습니다.

"왜, 갑자기 발을 씻겨준다는 거니? 마음은 고맙지만 내가 씻으마!"

어머니는 한사코 발을 내밀지 않았습니다. 청년은 어쩔 수 없이 어머니의 발을 씻겨드려야 하는 이유를 말씀드렸습니다.

"어머니, 오늘 입사 면접을 봤습니다. 사장님이 어머니 발을 씻겨드리고 다시 내일 회사에 오라고 하셨어요. 그러니 지금 어머니 발을 씻겨 드려야 합니다."

그러자, 어머니의 태도가 금세 바뀌었습니다. 두 말없이 어머니는 문턱에 걸터앉아 세숫대야에 발을 담갔습니다.

청년은, 오른손으로 조심스레 어머니의 발등을 잡았습니다. 태어나 처음으로 가까이서 살펴본 어머니의 발이었습니다. 자신의 발과 너무 다르게 느껴졌습니다. 앙상한 발등이 나무껍질처럼 보여서,

"어머니! 그동안 저를 키우시느라 고생 많으셨죠. 이제 제가 은혜를 갚을게요."

"아니다, 고생은 무슨 고생을……."

"어머니, 오늘 면접을 본 회사가 유명한 회사거든요. 제가 취직이 되면 더 이상 어머니께선 고된 일은 하지 마시고, 집에서 편히 쉬세요."

아들의 손에, 엄마의 발바닥이 닿는 그 순간, 청년은 숨이 멎는 것 같았습니다. 아들은 말문이 막

혀 버렸습니다.

어머니의 발바닥은 시멘트처럼 딱딱하게 굳어 있었습니다. 도저히 사람의 피부라고 할 수 없을 정도였습니다. 어머니는 아들의 손이 발바닥에 닿았는지조차 느끼지 못하는 것 같았습니다. 발바닥의 굳은살 때문에 아무런 감각도 없었던 것입니다.

청년의 손이 가늘게 떨렸습니다. 아들은 고개를 더 깊숙이 숙이지 않을 수 없었습니다. 그리고 울음을 참으려고 이를 악물었습니다. 복받쳐 오르는 울음을 간신히 삼키고 또 삼켰습니다. 하지만 어깨가 들썩이는 것은 어찌할 수 없었습니다.

한쪽 어깨에 어머니의 부드러운 손길이 느껴졌습니다. 아들은 어머니의 발을 다 씻겨 드린 후 어머니의 발을 끌어안고 목을 놓아 엉엉 울기 시작했습니다.

엄마의 만류에도 불구하고 청년의 울음은 그칠 줄 몰랐습니다.

이튿날 청년은 약속한 회사 사장님을 뵙고 사장님께 말씀 드리게 됩니다.

"어머니가, 저 때문에 얼마나 고생하셨는지 이제

야 알았습니다. 사장님은 학교에서 배우지 못했던 것을 저에게 크게 깨닫게 해주셨습니다. 사장님, 정말 감사드립니다. 만약, 사장님이 아니셨다면 저는 어머니의 발을 만져볼 생각을 평생 하지 못했을 것입니다. 제가 큰 불효자라는 것을 뼈저리게 느끼게 해 주셨고 크나큰 가르침을 주셨습니다. 저에게는 오직 어머니 한 분밖에는 아무도 안 계십니다. 이제 정말 어머니를 잘 모시겠습니다. 제가 지원한 회사가 어떤 회사인지 철저히 깨닫게 해 주셔서 감사합니다."

사장은, 미소를 지으며 고개를 끄덕이더니 청년의 어깨를 도닥거리고 조용히 말씀하셨습니다.

"명문대학에 수석으로 졸업한 사람이 우리 회사에 수석으로 입사한 것 또한 자랑입니다. 지금 바로 인사부로 가서 입사 수속을 밟도록 하세요."

어머니! 사랑하는 어머니!

당신을 사랑합니다!

(카카오 톡 사상 최고의 글로 인증 받은 내용.)

하필 허당에 빠진 국자 / 충청도 사투리로 쓴 / 명랑 소설

넷째 남자(2)

거저유, 거저

허당이 이런 생각을 했다.

'안 팔린다고 문 닫는 서점이 있고 사람들도 책을 안 보고 스마트 폰에만 대가리를 처박고, 그러다가 오는 사람 가는 사람 부딪치는 세상인다……'

그러다가 허당이 물었다.

"주인어른 이렇게 하면 우떨까유?"

"뭐얼?"

"쌓아두고 썩히는 거라면 좋은 일이나 하쥬."

"뭔 생각이 있는겨?"

"나한테 책 열 권만 주실래유?"

"열 권 아니라 백 권도 가져가. 그 대신 저쪽에 있는 책을 다락방에 들여놓고 맘에 드는 놈으로 아무 것이나 맘껏 골라가."

"알았슈."

허당은 주인이 하라는 대로 다 해놓고 책을 골랐다. 모두 새 책이고 표지 그림도 다 예뻤다. 그 중에 동화책과 처세술과 시집, 소설책, 수필집 이것 저것 골라 열 권을 들고 나섰다. 하필이 물었다.

"어딜 가?"

"기달리슈. 후딱 다녀올 테니께유."

허당은 책을 안고 정거장으로 달려갔다. 대합실에서 차를 기다리는 사람을 둘러보다가 점잖고 착하게 보이는 신사 앞으로 갔다.

"어른님, 차 기다리시는데 지루하시쥬?"

"예. 차가 너무 오래 안 오네요."

"그러시면 이 책 가운데 하나만 골르슈."

"사라고요?"

"아뉴, 책 팔러 온 게 아니규. 차 기둘리다가 심심하거나 지루혀 하는 분들한테 차가 올 때까지만 잠깐 보시라고 빌려드리는 거유. 보시가다 차가 오거든 돌려주고 가세유."

"고맙소. 그렇지 않아도 스마트폰을 두고 나왔더니 지루했는데."

신사분이 책을 받아 들고 들여다보았다. 두 사람이 나누는 소리를 들은 옆에 아줌마가 한 마디 했다.

"정말 차 기다릴 동안만 보다가 가라고 빌려주시는 건가요?"

"야, 아주머니도 드릴까유?"

"그래요. 그 동화책 「행복을 파는 할아버지」를 빌려주세요."

그 소리에 또 옆에 아가씨가 수줍게 다가오더니 시집을 손짓하며 물었다.

"저도 그 시집 빌려주실래요?"

"고마워유. 얼른 읽어 보세유."

이 사람 저사람 공짜로 빌려준다니까 열 권이 금방 나가고 없는데 다른 사람들이 또 빌려달라는 거였다. 그러나 책이 더 없어서 미안하다고 굽실거릴 수밖에 없었다. 그 사이에 차가 왔다. 신사가 보던 책을 중단할 수 없게 되자 돌려주지 않고 말했다.

"미안합니다. 내가 보던 것을 마저 봐야겠어요. 이 책 얼마나 드리면 될까요?"

"그러시면 그냥 가져가세유."

"아니지요. 귀한 것을 그냥 가져갈 순 없지요. 차가 와서 급하니 이거라도 받고……."

신사가 만 원짜리를 쥐어주고 차에 올랐다. 그 뒤를 이어 동화책을 보던 아주머니가 급히 말했다.

"이렇게 좋은 동화책은 우리 손자가 봐야 해요. 저도 사갈게요. 책값이 얼만가요?"

"거저유. 가져가세유,"

"책은 거저 가져가는 거 아니에요. 만원만 드릴게요. 이해해 주세요."

뒤이어 아가씨가 시집을 들고 말했다.

"아저씨 이 시집 얼마예요?"

"거저여유. 거저."

"거저가 어딨어요. 만원만 드릴게요. 괜찮지요?"

"너무 많쥬 아가씨!"

또 다른 사람이 차에 오르면서 아무 말 없이 책을 들고 가면서 만원을 내밀었다. 책 열 권이 잠깐 사이에 다 나가고 주먹에는 만 원짜리 돈만 열 장이 잡혀 있었다. 허당은 돈을 추려 들고 말했다.

"세상에 거저는 없는겨. 사람들이 책을 이렇게 좋아하는디 왜 책방이 안 된다는겨?"

허당은 책 곳간으로 달려갔다. 그리고 하필이 앞에 돈을 내밀었다.

"이거 받으슈."

"이게 뭐랴?"

"돈이쥬."

"책은 어쩌고?"

"다 나눠 줬쥬."

"그게 뭔 소려? 나한테 책값을 준다는 말여?"

"지가 무슨 돈이 있어서 사나유."

"그럼 이건 뭐여?"

"돈이쥬."

"책은 우째고?"

"다 나눠 줬쥬."

"자네 이름 허당이 맞지?"

"야."

"우쨌던 돈이 생겼으니께 점심이나 거하게 먹지."

두 사람은 뒷골목의 유명한 국자돼지국밥집으로 갔다. 국자돼지국밥집은 생각보다 넓고 좋았다. 하필이 들어서서 사방을 두리번거리며 씨부렁거렸다.

"아따, 국자 출세했구먼. 이렇게 큰 식당 주인이 아닌가베."

허당도 입을 다물지 못했다.

"국자라더니 국자가 쉴 새가 없것구먼……."

이때 국자가 다가오면서 반가워했다.

"어서 와 반갑구먼. 하필이, 이 사람을 어떻게 여기까지 델려 왔댜?"

"난 손님으로 온 건게 하필 하필 하지 말어."

국자가 허당한테 인사를 곁들여 이름을 물었다.

"총각, 고마웠슈. 그런디 이름이 우찌 되나유?"

"허당이어유."

"허당? 뭔 이름이 그려? 진짜 이름은 뭐유?"

"허당이쥬."

"호호호, 허당이 뭐여, 하필이면 좋은 이름 두고 허당이랴, 호호호."

하필이 불만스럽게 말했다.

"왜 자꾸 하필 하필 하는 겨어. 터놓고 말혀, 하필이도 그렇고 허당도 그런디 웃기는 건 국자여. 국자가 뭐여."

국자가 대답했다.

"국자가 워뗘서 그려. 국자가 국밥집하고 국자로 장사만 잘하는디. 하필이 문제여."

"허허, 모르는 소리 마. 하필이는 우리 할아버지께서 지어주신 이름인디 물하(河)자에 붓필(筆)자로 이담에 붓에 먹물 말리지 말고 공부 많이 혀라고 지어주신 이름이여. 함부로 부르는 이름이 아녀."

"그려? 그러고 봉게 하필이가 대단한 이름 같여?"

하필이 좋아서 받았다.

"암, 국자보다야 훨씬 존 이름이지."

국자가 가만히 있지 않았다.

"모르는 소리 말어, 나도 우리 할아버지가 지어주신 이름인디 나라국(國)자에 도자기자(瓷)짜여. 나라에서 알아주는 귀헌 그릇이 되라고 지어주신 이름여, 함부로 국자, 국자 허지 마."

하필이 허당한테 눈길을 돌렸다.

"자네 허당이라 혔지? 그 이름도 뭔 뜻이 있는 겨?"

"있쥬, 나도 할아버지가 지어주신 이름이쥬. 세상에 허가 없이 되는 일이 있나유. 허가가 세상에서 가장 높은 성씨라고 했슈. 그러시면서 내 이름은 마당이 차도록 큰 부자가 되라고 마당당을 정하여 허당이라고 지어주셨쥬. 이름이 허당이라고 헛소리만 하진 않쥬."

하필이는 국자를 가리키고 국자는 하필이한테 손짓하며 큰소리로 웃어댔다.

"호호호, 하필이와 국자가 허당에 빠진 거 아녀, 하하하하."

그렇게 하여 점심을 잘 먹고 나오는데 멋쟁이 아가씨가 스마트폰만 들여다보고 오다가 허당의 발에 걸려 털썩 주저앉았다. 허당이 당황하여 아가씨를 잡아 일으켜 준다는 것이 그만······.

책 곳간으로 오면서 허당이 중얼거렸다.

"하필이면 왜 내가 처녀 거기를 잡았는지······."

하필이 꽥 소리쳤다.

"하필, 하필 하지 말랬지이! 하필이면 여자가 가장 부그러워하는 거기를······. 쯧쯧."

"아저씨도 하필 하필하면서 왜 나만 못하게 한대유?"

"앞으로 조심혀."

책 곳간에 도착하자 허당이 물었다.

"아저씨, 하필이면 왜 책방을 한대유?"

"허허, 또 하필!"

"죄송혀유. 아직도 정거장에는 사람들이 많을 테니께 책 열 권만 주세유. 어차피 못 파는 책 날마다 정거장에 가서 인심이나 써야겠슈. 괜찮지유?"

"맘대로 혀. 그 대신 내일 문 닫는 서점에서 책 가질러 오라고 혔어. 나하고 같이 가서 실어오기로 허면 우떠?"

"좋지유. 그럼 오늘 열 권만 가지고 갈게유."

허당은 정거장으로 나갔다. 역시 정거장에는 오는 차 가는 차를 기다리는 사람들로 붐볐다. 허당은 긴 의자에 앉아 있는 젊은이한테 가서 말을 건넸다.

"차 기다리기 지루하시쥬?"

"예. 차가 연착한다고 하니 한참을 더 기다려야 할 것 같아요."

"그러시면 이 책 중에 맘에 드는 거 하나 집으세유."

"사라고요?"

"아녀유. 보시다가 차가 오거든 돌려주고 가세유."

그 소리를 옆에서 들은 부인이 물었다.

"정말 거저 빌려주시는 거예요?"

"야. 거저 보시라는 거유. 그 대신 차가 오면 저한테 꼭 돌려주고 가셔야 혀유."

"알았어요. 저「행복이 주렁주렁」이라는 동화책을 빌려주세요."

"그러쥬. 보세유. 그 대신 차가 오면 꼭 돌려주셔야 혀유."

이때 아가씨가 다가와 시집을 가리켰다.

"저「건반 위의 바다」라는 시집 좀 빌려주세요."

"고마워유. 보시다가 차가 오면 꼭 돌려주고 가세유."

"알았어요. 꼭 돌려드리고 갈게요."

공짜라면 양잿물도 먹는다더니 이 사람 저 사람 달려들어 다 빌려갔다. 정거장에 책 보는 사람들이 즐비하니 서양사람 그림에서 보는 사진보다도 보기 좋았다.

허당은 날마다 이렇게 책을 빌려주고 좋아하는 사람한테는 거저 주어야겠다고 생각했다. 한 시간쯤 지나서 서울 가는 차가 들어왔다. 젊은 사람이 책을 보다 말고 다가와 말했다.

"아무래도 이 책 사가야겠습니다. 한참 재미있는 장면이 나오는데, 책값이 얼마지요?"

"그렇게 좋으시면 그냥 가져가세유. 거저."

"세상에 거저가 어디 있습니까. 이런 책이 있는 줄 몰랐네요. 차가 와서 급해요 작지만 이것만 드리고 갈게요."

그 사람이 차에 오르는 뒤에다 대고 말했다.

"아니여유. 거저, 가져가세유."

이때 뒤따라 차에 오르는 아주머니가 말했다.

"행복이 주렁주렁 매달렸다는 이야기가 너무 재미있어요. 미안하지만 이것만 받으세요."

그리고 아주머니가 만 원을 쥐어주고 차에 올랐다. 뒤따라 급하게 서두는 아가씨가 시집을 들고 말했다.

"이 시집 너무 좋아요. 저도 앞사람처럼 만원만 드려도 되지요?"

"아녀유. 그냥 가져가세유. 거저유 거저."

"책은 거저 가져가면 안 돼요. 고마워요."

아가씨가 가고 나자 뒷사람들이 급히 만원씩을 주고 다 차에 올랐다. 허당은 주먹에 쥐어져 있는 돈을 추리면서 중얼거렸다.

"참 이상한 사람들이여. 보다가 돌려달라는데 거저 준대도 싫다고 돈을 내는 사람들이 우찌 이리 많은가 모르것네. 세상 사람들이 모두 책을 이렇게 좋아하는 줄은 몰랐구먼."

허당이 책 곳간으로 달려가 하필이 앞에 돈을 내밀었다.

"이거 받으슈."

"뭐여?"

"돈이쥬."

"또 돈이여?"

이렇게 말하는 하필이 은근히 좋아하는 눈치였다.

나도 장사 한번 해보자

하필이 생각해 보니 정거장에 가면 책이 잘 팔리는 모양이라. 그래서 나도 한번 해봐야겠다고 생각했다. 다음 날 리어카에 책 천 권을 싣고 중얼거렸다.

'이렇게 징그럽게 많은 책 나도 장사 한번 해 볼 거여. 허당이 열 권 가지고 만원씩에 다 팔았으니 나는 염가로 한탕 뛰어 볼겨. 좋은 책을 한 권에 1000원씩 싸게 판다면 공짜지, 그럼 책 안 사갈 사람이 어디 있간디. 천 권이면 눈 껌쩍헐 새에 백만 원이 들어올 거구면. 허당 땜시 책 장사 제대로 하게 생겼어.'

하필이 깨끗하고 두꺼운 책 1000권을 골라 싣고 정거장으로 나갔다. 사람들은 바쁘게 오가는데 누구 하나 들여다보는 사람이 없었다. 아침부터 점심을 굶어가며 오정이 한참 지났지만 한 권도 팔지 못했다. 그래서 사람들한테 한 권에 천원, 천원 하고 소리쳤지만 그것도 허사였다.

도로 끌고 돌아가자니 좀 부끄러운 생각도 들고 기분도 상해서 '에따 거저라도 나누어 주고 가자. 허당도 나누어 주었다는디 돈을 받지 않았남.' 하고 지나가는 신사한테 책을 내밀었다.

"이 책 거저유. 받으시유."

그 사람은 들은 체도 않고 지나갔다. 이번에는 나이가 지긋한 사람이 다가오기에 책을 내밀었다.

"선상님, 이 책 좋아요 받아가슈."

그 사람이 눈을 부릅뜨고 소리쳤다.

"이 사람 왜 이래? 내가 언제 책 달랬소?"

기분 나쁘게 한마디 던지고 눈을 흘기고 지나갔다. 이번에는 젊은 아기엄마가 오기에 다가가 책을 내밀었다.

"이거 받으슈. 거저유 거저."

"지금 누가 책을 본다고 그래요. 거저도 싫어요. 스마트폰 보기도 바쁜데 별꼴이야."

보기보다 예쁘고 단아한 젊은 댁이 정나미 뚝 떨어지는 소리를 하고 뒤도 돌아보지 않고 가 버렸다. 하필은 기가 차서 누구한테 거저 주겠다는 말도 할 용기도 나지 않았다.

이때 젊은 사람이 씩씩하게 걸어오고 있었다. 하필은 용기를 내어 비싸고 두꺼운 책을 내밀었다.

"젊은 양반, 이 책 그냥 드릴 테니 받으슈."

젊은이가 엉뚱한 소리로 대꾸했다.

"요새 그 무거운 책을 누가 들고 다녀요. 내가 공짜라면 혹할 사람으로 보이시오? 괜히 짐만 되는 걸."

하필은 절망했다. 이럴 수가 있나! 거저 준다는데도 모두 싫다고 하니 출판사며 서점이 문 닫는 건 하나도 이상할 것이 없는 게 아닌가.

하필이는 울고 싶었다. 책을 리어카 째 어디든 끌고 가서 콱 처박고 엉엉 울고 싶었다. 그래도 울지는 못하고 억지로 참고 멍하니 서서 예쁘고 화려한 책들만 들여다보았다.

볼수록 예쁜 책들은 마치 빵점 받고 쫓겨나서 우는 아들 같았다. 허망한 심사로 그러고 있는데 한 사람이 다가와 말을 건넸다.

"영감님, 하필이면 왜 책장사를 하시오? 책 살 돈이 있으면 참외나 수박이나 그런 먹거리 장사를 하지 하필, 하필……."

하필이 하필 하필 하는 소리에 화가 났다.

"이봐유. 하필 하필 하지 마슈."

"제가 뭐 잘못했나요. 세상에 장사할 것도 많은데 하필 책장사를 하시니 하는 말이지요."

하필은 부아가 나는 걸 꾹 참고 마음을 가다듬었다. 젊은 사람이나 늙은이나 다 싫다는 책을 억지로 주는 게 아니다.

책 볼 사람은 따로 어딘가 있을 것이라고 자위하면서 마음을 고쳐먹고 이어카를 끌고 돌아가자니 다리도 무겁고 배도 고파 털썩 주저앉아 엉엉 울고 싶었다.

그 때 한 할머니가 지나가다가 보고 중얼거리듯 말했다.

(10집에 계속)

심혁창

「아동문학세상」 등단, 장편동화 「투명구두」, 「어린공주」 외 50권, 한국문인협회, 사)한국아동청소년문학협회 회원, 한국크리스천문학상, 국방부장관상, 아름다운글 문학상 수상.
현) 도서출판 한글 대표

홀로코스트(9)

건강진단은 아침 이른 시각에 바깥에서, 긴 의자에 앉은 세 사람의 의사 앞에서 실시되었다. 첫 번째 의사는 전혀 몸을 진찰하지 않았다. 그는 다만 질문하는 것으로 끝냈다.

"너 건강하지?"

누가 감히 그렇지 않다고 말할 수 있겠는가? 그러나 다음 차례인 치과의사는 아주 양심적인 사람으로 보였다. 그는 입을 크게 벌리라고 했다. 사실은 그가 찾고 있던 것은 충치가 아니라 금니였다. 금니를 가지고 있는 사람은 누구나 그의 번호가 명단에 기록되었다. 엘리위젤은 금 치관이 한 개 있었다.

첫 사흘은 재빨리 지나갔다. 그러나 4일째 되는 날 새벽에 전원이 천막 앞에 정렬해 있었다. 그때 간수들이 나타났다. 그들은 마음에 드는 사람들을 고르기 시작했다.

"너……. 너……. 너, 그리고 너……."

마치 상품이나 가축을 고르듯이, 그들은 손가락

으로 사람을 가리켰다. 그들은 젊은 간수를 따라갔다. 그는 수용소 정문 근처의 첫 막사 입구 앞에 세웠다. 그곳은 관현악대의 막사였다. 그가 명령했다.

"들어가!"

다들 놀랐다. 음악과 무슨 관계가 있단 말인가?

악대는 언제나 똑같은 군대행진곡을 연주했다. 수십 개의 작업반이 행진곡에 발을 맞추어 작업장을 향해 행진했다. 각 작업반의 간수들이 구령을 붙였다.

"왼발, 오른발, 왼발, 오른발……."

친위대 장교들이 펜과 종이를 들고 작업장으로 나가는 사람들의 숫자를 세었다. 악대는 마지막 작업반이 지나갈 때까지 똑같은 행진곡을 반복해서 연주했다. 이윽고 악장의 지휘봉과 함께 연주가 멈추었다. 간수가 고함을 질렀다.

"5열로 정렬!"

모두는 행진곡도 없이 발을 맞추어 수용소를 떠났다. 그러나 귓전에는 아직도 행진곡이 들리고 있었다.

"왼발, 오른발, 왼발, 오른발……."

옆에서 걷고 있는 악사들에게 말을 걸었다. 악사들과 더불어 5열로 정렬해서 행진하고 있기 때문이었다. 그들은 거의가 유대인이었다. 줄리에크는 폴란드 출신으로 안경을 끼고 있었으며 창백한 얼굴에 냉소적인 미소를 짓고 있었고, 네덜란드 출신으로 유명한 바이올리니스트인 루이스는 베토벤을 연주하지 못하게 한다고 해서 불평이 대단했다.

유대인에게는 독일 음악을 연주하는 것이 허용되어 있지 않았기 때문이다. 그밖에 활달한 성격의 한스는 젊은 베를린 시민이었으며 십장인 프라네크는 폴란드 사람으로 바르샤바의 대학생이었다.

줄리에크가 엘리위젤에게 말했다.

"모두는 이곳에서 멀지 않은 전기부품 창고에서 일한다. 우리가 하는 일은 조금도 힘들거나 위험하지는 않아. 하지만 간수인 이데크가 가끔 광기를 발작하기 때문에 골치야. 그럴 때는 그를 피하는 것이 상책이지."

한스가 미소를 지으며 말했다.

"넌 참 운이 좋은 거다. 좋은 반에 떨어진 거야."

십여 분 후에 창고 앞에 당도했다. 독일인 '고참'

군속 한 사람이 맞으러 나왔다. 그는 상인이 누더기 지폐를 받을 때에 짓는 표정으로 쳐다보았다. 악사들의 말은 맞았다. 일은 힘들지 않았다. 땅바닥에 주저앉아 나사못이나 전구, 그 밖의 자잘한 전기부품들을 헤아려야 했다. 간수는 하는 일의 중요성을 장황하게 늘어놓으면서, 일을 게을리 하는 사람은 그가 알아서 처리하겠다며 으름장을 놓았다. 새로 만난 동료들은 엘리위젤을 안심시켰다.

"겁낼 것 없어. '고참'의 눈치를 보느라 저렇게 말할 수밖에 없는 거야."

금이빨을 빼려는 자들

거기에는 폴란드 민간인도 상당수 있었으며 프랑스 여자도 몇 사람 끼어 있었다. 그녀들은 악사들에게 우정에 찬 눈길을 던지고 있었다.

십장인 프라네크가 나를 한쪽 구석에 있게 했다.

"자살 행위는 하지 말아라. 서두를 필요도 없어. 다만 친위대원들이 들이닥칠 때만 조심하면 되는 거야."

엘리위젤이 말했다.

"부탁드리고 싶은데요……. 전 아버지 곁에 있고

싶어요."

"좋아. 아버지도 네 곁에서 함께 일하게 해주지."

운 좋게 그들 작업반에는 요시와 티비라는 형제인 두 소년이 소속되어 있었다. 체코 출신인 그들의 부모는 이미 비르케나우에서 죽음을 당했다. 그들 형제는 육체와 영혼을 의지하고 살았다.

엘리위젤은 그 형제와 곧 친구가 되었다. 그들은 시오니즘 청소년 단체에 가입한 적이 있었으므로 유대인의 노래를 많이 알고 있었다. 그래서 종종 요단강의 고요한 물과 예루살렘의 장엄한 신성(神聖)을 환기시켜 주는 곡조를 콧노래로 흥얼거리곤 했다.

또 때로는 팔레스티나에 대해서도 이야기를 주고받았다. 그들의 양친도 엘리위젤의 양친과 마찬가지로 용기가 부족한 탓으로 피할 수 있는 충분한 시간이 있었는데도 가산을 정리하고 외국으로 이주할 기회를 놓치고 말았었다. 모두는 해방이 될 때까지 살아남아 있을 수 있다면, 단 하루라도 유럽 땅에 머물지 않기로 결심했다. 하이파로 떠나는 첫 배를 타리라고 결심했다.

여전히 밀교의 몽상에 심취해 있는 아키바 드루머는 말하기를, 성경 속에 있는 한 구절을 수리학(數理學)의 이론에 따라 해석해 보건대 앞으로 몇 주일 안에 그들은 구출되리라는 예언이 가능하다고 했다.

모두는 천막에서 악사들의 막사로 옮겨졌다. 담요 한 장과 세면기 하나, 그리고 비누도 한 개씩 얻을 수 있었다. 내무반장은 독일계 유대인이었다.

유대인 밑에 있는 것이 좋았다. 그의 이름은 알폰스였다. 그는 젊은 사람이었으나 얼굴이 유별나게 늙어 보였다. 그는 자기의 담당 막사를 위해 거의 헌신적으로 노력했다. 가능할 때에는 자유보다는 여분의 수프 한 그릇 더 얻어먹기를 꿈꾸고 있는 젊은이나 허약자, 그리고 모두를 위해 수프 끓이는 솥을 하나 더 마련해 주기도 했다.

어느 날, 창고에서 막 돌아왔을 때, 막사의 사무원이 엘리위젤을 불렀다.

"A—7713!"

"접니다."

"식사 후에 치과의사한테 가야 한다."

"저는 이에 이상이 없는데요."

"식사 후, 잊지 말도록."

엘리위젤은 병원 막사로 갔다. 병원 문 앞에는 20여 명의 재소자가 줄을 지어 기다리고 있었다. 얼마 안 되어 그곳에 불려온 이유를 알았다. 금니를 빼기 위해서였다.

체코 출신의 유대인인 치과의사는 송장 같은 얼굴을 가지고 있었다. 그가 그의 입을 벌릴 때, 그 안에서는 누렇게 썩은 충치들의 소름끼치는 모습이 보였다. 엘리위젤은 의자에 앉아 공손하게 물었다.

"선생님, 무얼 하시려는 건가요?"

그는 무뚝뚝하게 대꾸했다.

"네 치관을 빼려는 것이야."

엘리위젤은 순간적으로 몸이 불편한 척하기로 꾀를 부렸다.

"선생님, 며칠만 기다려 주시면 안 될까요? 몸이 아주 좋지 않아서요. 몸에 열이 있고……."

그는 눈살을 찌푸리고 잠깐 생각하더니 엘리위젤의 맥박을 짚어 보았다.

"좋아, 좀 낫거든 나한테 와. 하지만 내가 너를 부를 때까지 기다리지 마!"

엘리위젤은 일주일 후에 그를 찾아갔다. 그리고 지난번과 같은 핑계를 댔다. 몸에 조금도 차도가 없다고 했다. 그러나 그는 조금도 놀라는 기색을 보이지 않았다. 그가 믿는지, 안 믿는지 알 수가 없었다. 다만 그는 다시 오기로 한 약속을 지켜준 것이 기쁜 모양이었다. 그는 또 한 번의 기회를 주었다.

엘리위젤의 방문이 있은 후 며칠 만에 치과의원은 폐쇄되고, 담당 의사는 감옥에 수감되었다. 그는 교수형을 받았다. 들리는 소문에 의하면 그는 재소자들의 금니를 사적인 거래에 이용했다는 일방적인 혐의를 받았다는 것이다. 엘리위젤은 그에게 조금도 동정심을 느끼지 않았다.

엘리위젤은 그런 사태가 일어난 것을 기쁘게 생각하기까지 했다. 어쨌든 금 치관을 잃지 않은 것이다. 금 치관으로 어느 날이든 무엇과 유용하게 바꿀 수도 있는 것이다. 빵을 얻거나 생명을 구하는 데 필요한 것이다. 모두는 이제 매일 먹는 수프

접시와 곰팡내 나는 굳은 빵 외에는 그 어떤 것에 대해서도 거의 관심이 없었다. 빵과 수프, 그것이 인생 전부였다. 수감자는 모두 하나의 살덩어리였다. 아니, 그만도 못한 하나의 굶주린 위장(胃腸)에 불과했는지도 모른다. 위장만은 시간의 흐름을 알고 있으니까.

창고에서 일할 때 엘리위젤은 가끔 한 프랑스 처녀를 만났다. 그러나 말이 통하지 않았으므로 의견을 주고받을 수가 없었다. 그녀는 거기서 아리안 사람으로 통하고 있었지만 보기에 유대인 같았다. 그녀는 강제노동자로 추방된 처지였다.

어느 날 이데크가 광기의 발작을 일으켰는데, 그때 엘리위젤이 방해물이 되었었다. 그는 마치 야수처럼 엘리위젤에게 달려들어 가슴을 치고 머리를 쥐어박으며 땅바닥에 내동댕이쳤다가는 위로 던져 올리기도 했다. 그의 주먹세례는 더욱 격렬해져서 엘리위젤은 온몸이 피투성이가 되고 말았다.

엘리위젤이 고통을 참으며 차마 비명을 지를 수 없어 입술을 깨물고 있노라니까, 이데크는 그것이 오히려 무언의 반항으로 보였는지 더욱 심하게 두

115

들겨 팼다.

그러다가 갑자기 그의 광기가 가라앉았다. 그는 아무 일도 없었다는 듯이 엘리위젤이 제자리로 가게 내버려 두었다. 그것은 마치, 우리 두 사람이 어떤 연극에 참여하여 제각기 맡은 역할을 해내고 퇴장하는 것 같았다.

엘리위젤은 다리를 질질 끌며 할당 구역인 구석 자리로 갔다. 온몸이 쑤시고 아팠다. 그때 피 묻은 이마를 닦아주는 누군가의 차가운 손길을 느꼈다. 예의 프랑스 처녀였다. 그녀는 슬픈 미소를 지어 보이며 엘리위젤의 손에 빵 한 조각을 슬쩍 쥐어주었다. 그녀는 잠자코 엘리위젤의 눈을 들여다보았다.

그녀가 뭔가 말하고 싶으면서도 두려움 때문에 말문이 막혀 있다는 것을 느꼈다. 그녀는 한참 동안 그러고 있더니, 이윽고 안색을 활짝 펴며 거의 완벽한 독일말로 이렇게 말하는 것이었다.

"입술을 꼭 다물고 참아라, 꼬마야. 울지 마. 훗날을 위해 너의 분노와 증오를 고이 간직하는 거야. 그 날은 반드시 올 거야. 하지만 지금은……. 기다려야 해. 이를 악물고 기다리는 거야."

엘리위젤은 놀랐다. 그리고 더는 아무 말도 자지 못한 채 헤어졌다. 어디로 가는지도 모른 채.

엘리위젤은 지하철 구내에서 신문을 읽고 있었다. 그의 맞은편에 까만 머리에 꿈꾸는 듯한 눈을 가진 아주 아름다운 한 여자가 앉아 있었다. 그는 어디선가 그런 눈동자를 본 기억이 났다. 바로 그 처녀였다. 엘리위젤이 다가갔다.

"나를 아시겠습니까?"

그녀는 고개를 저었다.

"모르겠는데요."

"1944년에, 당신은 독일의 부나에 계시지 않았습니까?"

"네. 그런데요?"

"당신은 그때 전기부품 창고에서 일하고 있었고……."

"예, 맞아요……."

그녀는 약간 당황한 채 잠시 침묵한 다음 더듬거렸다.

"잠깐만요……. 기억이 나요."

"수용소의 간수 이데크, 어린 유대 소년, 당신의

117

친절한 말……."

두 사람은 지하철을 나와 커피숍 테라스에 자리를 잡고 앉았다. 그리고 그 날 저녁 내내 지난 일을 회상했다. 엘리위젤은 헤어지기 전에 그녀에게 말했다.

"한 가지 질문을 해도 되겠어요?"

"짐작이 가지만, 물어 보세요."

"짐작이 간다고요?"

(다음 10집에 계속)

6.25 비극적 참상
(2회)

김 영 백 (94세)

한국크리스천문학가협회 회원, 나사렛대학교신학과, 서울신학대학교 목회대학원. 미국 Mount Vernon Nazarene University 명예 신학박사 학위 취득, 남서울교회), 나사렛대학교 이사장, 나사렛성결교회 감독회장 역임

브제진카아우슈비츠 제2수용소의 일부

올해는 광복 78주년이자 6.25전쟁 발발 73주년이 되는 해이다.

나는 이 전쟁을 잊을 수가 없다.

또 잊어서는 안 된다고 믿는다. 아직 끝나지도 않은 전쟁일 뿐만 아니라 휴전이 된 지 70년이 지났지만 앞으로 이 전쟁이 가져올 여파에 대해 아무도 예측할 수가 없기 때문이다.

나는 6.25전쟁의 최대 피해자로서 우리가 겪은 몇 가지 사실을 적어 후대에 남겨 전쟁의 참혹상을 알리며 전쟁이 없는 평화가 얼마나 소중한 것인가를 교훈으로 남기고 싶다.

1950년 6월 25일 주일예배

우리 가족은 서대문 밖 홍제원에 있는 초가집 자그마한 교회에 다니고 있었다. 내가 홍제공민학교 교사로 있으면서 야간인 중앙신학교에 입학을 한 해였다. 21세 젊은 나는 주일학교 교사로 봉사를 하면서 주일날은 언제나 아침부터 바쁘기 마련이었다.

6월 25일 주일 아침에 보통 때와 동일하게 아침 일찍 교회에 나와서 주일학생들과 같이 예배를 마치고 장년 예배에 참석을 하였다. 그날 설교는 부임한 지 불과 5개월밖에 안 되는 김대위(金大爲) 목사님이 예레미야 1장 13-15절 말씀을 읽고 '북에서부터 기울어지는 끓는 가마'를 제목으로 설교를 하였다. 김대위 목사는 미국 나사렛교회에서 은퇴하고 고국에 돌아와서 목회자가 없는 홍제원교회를 자원해서 돕게 된 것이다. 그날 그의 설교 말씀은 예언처럼 예배를 끝내고 보니 교회 아래쪽 국도에는 트럭에 실린 군인들이 북으로 북으로 계속해서 올라가고 있었다. 북쪽 공산군의 끓는 가마가 남쪽으로 기울어져 전쟁을 일으킨 것이다. 6.25 전쟁은 북에서 남침하여 인류역사상 가장 처참한 동족상쟁의 전쟁으로 기록되었으며 아직도 끝나지 않은 휴전상태로 그 아픔을 이어가고 있다.

우리 가정에 닥친 가혹한 비극

그날부터 이틀 후인 27일에 인민군이 서울을 점령하였고 우리 동네 파출소에 붉은 깃발이 올라가면서 세상이 급변하여 암흑의 세계로 바뀐 것이다. 그날부터 3개월은 그야말로 끓는 가마에 시달리는 생지옥 같은 고난의 시대를 맞게 되었다.

우리 집은 홍제원교회 바로 위에 있었으며 우리 가족은 부모님과 내가 맏이로 5남매가 살고 있었다. 당시 아버지는 공무원으로 서대문구 은평출장소 보건사회 계장으로 근무하고 있었으며, 부모님은 모두 홍제원교회 집사로 봉사하는 독실한 크리스천 가정이었다.

나는 신학생으로 은평지구 기독청년연합회 총무로 활동하고 있었다. 이 연합회는 응암동장로교회, 수색장로교회와 홍제감리교회 그리고 홍제원하나님의 교회 등이 연합하여 활발하게 활동하고 있었는데 별안간에 세상이 바뀌면서 신앙생활과 활동에 제동이 걸렸다.

유엔군이 전투에 참전하면서 전투는 치열해지고 서울 하늘에 미국 B29 폭격기가 날면서 폭격을 가하기 시작하여 서울 용산 일대가 불바다가 되었다. 다급해진 인민군이 젊은 사람들을 강제로 징집하여 인민군으로 편입하는 바람에 젊은이들은 외출을 할 수가 없었고 어딘가 피할 곳을 찾았다.

서울이 인민군에 점령당한 3개월은 모든 시민들이 마찬가지지만 우리 가족에게는 너무나 괴롭고 가혹한 형벌의 시대였다.

아버지가 공무원이며 유엔 감시하에 실시된 5.10 총선거에서 지역구 투표위원장을 맡았기 때문에 언제 어떤 모습으로 보복이 가해질지 알 수가 없어서 공포 속에서 전전긍긍하며 숨어 살 수밖에 없었다.

어머니는 7식구를 먹여 살리기 위해 매일 교회 집사님 몇 분과 옷가지를 마련해 가지고 삼송리와 원당, 더 멀리 일산까지 50리 길 농촌을 두루 다니며 식량을 구해 오느라 고생이 많았다. 어머니 덕에 우리 식구는 굶어 죽지 않고 산 것이다. 동료 집사님 한 분은 식량을 이고 오다가 폭격에 맞아 거리에서 비참하게 최후를 마치기도 하였다.

나는 친구 신학생 홍제감리교회 권중길(權重吉), 응암장로교회 박규헌(朴奎憲)과 함께 교회 강대상 아래 지하실을 파고 밤에는 그곳에 숨어서 단파 라디오를 통하여 들려오는 미국의 소리 방송을 들으면서 유엔군의 전투 소식에 따라 애간장을 태우며 무더운 여름날을 지하실에서 보냈다. 그해 여름은 참 무덥기도 했다.

유엔군 인천상륙작전 성공

6월 27일에 서울을 점령한 북한군은 그 여세를 몰아 파죽지세로 남쪽으로 향하여 진격하였다. 그러나 6월 28일 유엔은 안전보장이사회를 열고 8시간의 마라톤 회의 끝에 북한의 무력공격을 평화의 파괴행위로 규정하고 파병결의를 소련이 불참한 가운데 찬성 7표 반대 1표, 기권 2표로 가결하고 연합군사령관에 맥아더 장군이 임명되어 6월 30일에 유엔 지상군과 공군, 해군이 한국전쟁에 파병되어 6.25전쟁은 16개 국가가 파송하는 유엔군과 북한과의 국제 전쟁으로 비화하였다.

그러나 전세는 8월에 북한군이 대구와 부산을 포위하는 낙동강 전선을 형성하여 한국은 극히 어려운 위기에 직면하고 있었다. 이렇게 불리한 상황에서 맥아더 장군은 인천상륙을 계획하고 9월 15일에 상륙을 감행하여 드디어 21일 인천에 상륙하고 27일에 서울을 탈환하여 중앙청에 인공기를 내리고 태극기를 게양하는 감격적인 순간을 맞았다.

아버지의 납치와 비참한 학살

서울에서 퇴각하는 공산당은 이북으로 후퇴하기 전에 남한 내의 반공투사들을 숙청하고 유능한 인재들(학자. 기술자. 예술인 등)을 강제로 납치해 갔으며 시설과 물자 등을 완전히 파괴하고 불살라 버렸다.

이러한 와중에 우리 부친께서 납치된 것이다.

9월 20일부터 인천에서 벌어진 상륙작전의 포격 소리가 서울에서도 은은히 들리기 시작하였다. 은은하게 들리는 포격 소리를 들으며 나는 몹시 불안한 가운데 교회에 들어가 강대상 아래 지하실로 들어가서 잠을 청했다. 그날은 권중길도 박규헌도 그 자리에 없어서 그런지 나는 잠을 설치고 새벽 일찍이 일어나 집으로 올라가 보니 부엌에서 어머니가 혼자 울고 계셨다. 나는 깜짝 놀라서 무슨 일이 있느냐고 물었다. 어머니의 대답은 너무나 놀랍고 전혀 뜻밖이었다. 새벽녘에 총을 멘 군복 차림의 괴한들에게 아버지가 강제로 납치되어 갔다는 것이다. 어머니가 울면서 전하는 이야기는 대충 이러했다.

부모님은 그날 밤에 멀리서 들리는 대포 소리를 들으며 불안한 생각이 들어서 아이들을 일찍 재우고 느지막하게 잠자리에 들었다고 한다. 새벽녘에 주변이 어수선하고 발소리가 나서 어머니가 일어나 앉았는데 누군가가 별안간 대문을 박차고 들어왔단다. 총을 멘 세 괴한을 보고 너무 놀라서 어머니가 겁먹은 소리로 "당신들은 누구이며 야밤중에 무슨 일이오?"라고 물었더니 "반동분자 김동석 있느냐?"고 묻기에 방에서 주무신다고 했더니 구둣발로 방문을 걷어차면서 반동분자 빨리 나오라고 소리 지르는 바람에 아버지는 바지와 윗도리만 걸치고 급히 나오셨는데 군복 차림의 세 장정이 합세하여 아버지를 강제로 끌고 나갔다는 것이다.

어머니가 뒤따라가면서 아무리 소리쳐도 대답도 없이 총대로 어머니의 어깨를 쳐서 깊은 상처를 입고 아직도 통증에 시달리고 있다고 하셨다.

우리 식구들은 그날부터 사방으로 다니면서 아버지의 행방을 찾았으나 찾을 도리가 없었다. 그런데 몇 날이 지난 후에 같은 동네에 사는 당시 대동청년단 단장이 우리를 만나자는 전갈이 왔다.

나는 어머니를 모시고 그 댁을 방문하였다. 거기에는 우리 말고 납치된 가족들을 모두 부른 것이다. 부른 까닭은 대동청년단장인 그분도 우리 아버지와 같이 납치되었다가 하늘의 도움을 받아 구사일생으로 살아온 장본인이었다.

우리는 자리에 누워 있는 그분을 만났다. 어깨와 목에 붕대를 감고 누워서 실낱같은 목소리로 우리에게 전해준 이야기는 이번에 납치된 사람은 모두 5명으로 우리 아버지를 포함해서 고양군수를 역임한 최모 영감님과 우익진영의 지도자급 인사들이라고 한다. 그런데 그 괴한들이 5명을 납치해서 어디론가 가다가 사방에서 들려오는 대포 소리와 총 소리를 들으며 자신들의 신변이 위급함을 느꼈는지 납치한 5명을 살해하기로 결정하고 논 골 골짜기에 있는 이왕직가 이해승 씨 저택(현 그랜드힐튼호텔) 골짜기에서 납치한 5명을 소리가 나지 않는 예리한 칼로 살해하기로 결정하고 한 사람씩 살해했다는 것이다. 그런데 자기는 맨 나중에 어깨에 칼을 맞고 죽은 줄 알았는데 그들이 급한 나머지 확인을 하지 않고 도망치는 바람에 일어나서 티셔츠를 찢어 흐르는 피를 막고 산을 넘어 밤새 기어서 집으로 왔다는 경위를 설명해 주었다.

우리는 그 다음날부터 피랍자 가족들과 시신을 찾기 위해 이왕직가 숲속을 찾기 시작하였다. 그러나 그 넓은 이왕직가 공원과 주변을 아무리 찾아도 찾을 길이 없었다. 그런데 전 고양 군수인 최씨 가족이 홍제천 모래사장에 파리들이 많이 꼬이는 작은 모래언덕을 발견하고 그 위에 자기 아버지의 주머니가 모래 위에 놓여 있는 것을 발견한 것이다.

모두들 모여서 모래를 파고 보니 시신 4구가 나왔는데 여름철 1주일이 지난 후라 시신이 부패하여 얼굴을 알아볼 수가 없었다. 우리 아버지는 바지 혁대를 보고 시신을 찾았다. 그 처절한 모습을 보는 순간 우리 가족들은 심한 슬픔과 괴로움에 통곡하며 울부짖었다. 어머니는 땅바닥에 주저앉아서 땅을 치며 우셨다.

소식을 전해들은 동네 유지들이 모여서 작지만 시민장으로 모시자고 의논을 해서 그날 시민들이 모여서 잔인한 공산군에게 납치되어 살해된 애국지사 4위의 시민장을 서둘러 치르고 난 후에 근처 홍제화장장에서 화장을 끝내고 우리는 아버지 유골을 이왕직가 뒷산에 임시로 매장하였다. 나는 그 위급한 와중에도 시민장을 주선해 준 이웃들에게 제대로 감사를 드리지 못한 것을 후회하며 이 자리를 빌려 늦은 감사의 뜻을 표하고자 한다.

폭격으로 우리집 전소, 파편 맞은 누이동생의 죽음

서울이 완전히 수복되기 전 이야기이다. 북으로 퇴각하는 인민군을 쫓아 미 군용기는 계속 폭격을 퍼부었다. 우리 집 옆 공터에 폭탄이 떨어지면서 그 파편이 우리 집 창문을 넘어 어머니 어깨를 스치고 옆에 있던 여섯 살 여동생 영순이의 아랫배에 큰 상처를 남겼다. 영순이의 아랫배를 스쳐간 파편으로 창자가 튀어나와 아무도 어찌할 수가 없었다. 병원도 없고 약도 없는 빈손으로 어머니는 그 창자를 집어 배속으로 넣으면서 울부짖는 여동생의 고통의 울음소리가 견딜 수가 없어서 같이 엉엉 울면서 하나님께 부르짖었다.

나는 어린 누이동생의 고통소리를 들으면서도 속수무책의 무능함을 한탄하며 내 무릎 위에서 죽어가는 여동생의 임종을 그냥 보아야만 했다. 정말 하나님을 원망하면서 불쌍하게 죽은 어린 여동생의 시신을 거두어 화장을 마치고 유골을 뒷산에 묻었다.

서울이 탈환되었지만 도망치는 인민군 잔당을 추격하면서 미군의 폭격은 멈추지 않았다. 주민들은 뒷산으로 피신을 하고 계속된 공습으로 우리 집 5칸짜리 초가집을 비롯한 동네 가옥들이 모두 소실되었고 우리 집 아래 홍제원교회도 전소되고 말았다. 폭격이 멈춘 후에 산에서 내려와 보니 가옥은 전소되었고 가재도구는 모두 잿더미가 되어 아무것도 건질 수가 없었다. 우리 집을 찾아온 친구

권중길은 우리를 위로하면서 같이 뒤처리를 도와주었다.

알거지가 된 우리 가족은 폭격을 피한 이웃 마을에 방 한 칸을 빌려서 아버지 없는 6식구가 호구지책으로 겨우 목숨을 이어가다가 1.4후퇴 때 어머니는 삼남매를 데리고 친정인 충북 괴산으로 피란을 떠나고 나는 보이스카우트 대원들과 함께 정부가 마련해준 미 수송선을 타고 부산으로 피란을 떠났다. 가족이 뿔뿔이 헤어져 6.25전쟁의 피란의 고통을 장남으로서 가족과 함께 하지 못한 책임감을 느끼며 어머니와 동생들에게 늘 미안한 마음을 가지고 살아온 것을 고백한다.

김영백

* 한국크리스천문학가협회 회원, 나사렛대학교신학과, 서울신학대학교 목회대학원. 미국 Mount Vernon Nazarene University 명예 신학박사 학위 취득, 남서울교회, 나사렛대학교 이사장, 나사렛성결교회 감독회장 역임
* 현) 남서울교회 원로목사

도량과 담대함

조선 후기 효종 때 당대의 두 거물 정치인 명의 (名醫)이자 영의정을 지낸 남인의 거두 허목(許穆)과 학자이며 정치가이기도 한 효종의 스승인 노론의 영수(領首) 송시열(宋時烈)의 이야기입니다.

당시에 이 두 사람은 아쉽게도 당파로 인해 서로가 원수처럼 지내는 사이였습니다. 그러던 중에 송시열이 큰 병을 얻게 되었는데, 허목이 의술에 정통함을 알고 있던 송시열이 아들에게,

"비록 정적일망정 내 병은 허목이 아니면 못 고친다. 찾아가서 정중히 부탁하여 약방문(처방전)을 구해 오도록 해라."

하고 아들을 보냈습니다. 사실 다른 당파에 속한 허목에게서 약을 구한다는 건 죽음을 자청하는 꼴이었습니다. 송시열의 아들이 찾아오자 허목은 빙그레 웃으며 약방문을 써 주었습니다.

아들이 집에 돌아오면서 약방문을 살펴보니 비상을 비롯한 몇 가지 극약을 섞어 달여 먹으라는 것이었습니다. 아들은 허목의 못된 인간성을 원망하면서도 아버지 송시열에게 갖다 주었습니다.

약방문을 살펴본 송시열은 아무 말 않고 그대로 약을 지어오라고 하고서 약을 달여 먹었는데 병이 깨끗이 완쾌되었습니다. 허목은

'송시열의 병은 이 약을 써야만 나을 텐데 그가 이 약을 먹을 담력이 없을 테니 송시열은 결국 죽을 것이다.'

하고 생각했습니다. 그러나 송시열은 허목이 비록 정적이긴 하나 적의 병을 이용하여 자신을 죽일 인물은 아니라고 생각했습니다. 송시열이 완쾌했다는 소식을 듣자 허목은 무릎을 치며 송시열의 대담성을 찬탄했고 송시열은 허목의 도량에 감탄했다고 합니다.

서로 당파싸움으로 대적을 하는 사이지만 상대의 인물됨을 알아보고 인정을 하는 허목과 송시열과 같은 그런 인물이 현세에도 있었으면 좋겠습니다.

사람은 믿음과 함께 젊어지고, 의심과 함께 늙어갑니다. 사람은 자신감과 함께 젊어지고, 두려움과 함께 늙어갑니다. 사람은 희망이 있으면 젊어지고, 절망을 느끼면 늙어갑니다. 나를 비우면 행복하고, 나를 낮추면 모든 것이 아름답습니다.

(받은 글로 교훈적이라며 이계자 목사님이 천거하시어 게재:편집자)

세계 명언 (3)

스페인과 유대 명언

남의 마음 얻기

생각과 취향도 시대에 따라 변한다.

사소한 일을 크게 만들지 말라.

현명한 사람은 자기 장점을 뽐내지 않는다.

내가 일을 찾기 전에 일이 나를 필요로 해야 한다.

남의 흠을 들춰내 자기 흠을 덮으려 하지 말라

친구 사이라도 잘못을 털어놓는 일은 주의하라

용기와 지혜로 은밀한 매력을 소유하라.

위대한 정신은 어디서나 빛난다.

불평은 늘 명성을 떨어뜨린다.

단정한 외모는 내적 인성을 드러내는 거울이다.

자기 가치를 입증하는 방법을 배우라

준비된 사람에겐 위험한 일이 벌어지지 않는다.

나를 더 빛나게 해주는 사람과 같이하라.

전임자의 평판을 넘으려면 두 배가 되어야 한다

지혜는 내면의 절제에서 나온다

쉽게 믿는 사람은 쉽게 수치를 당한다.

제때 분노하고 제대로 멈출 줄 알아야 한다.

우연에 의지해 친구를 사귀지 말라.

철학으로 상대의 기질을 꿰뚫어 파악한다.

삶의 가장 중요한 규칙은 참을 줄 아는 것이다.

바른 사람은 금지된 무기를 사용하지 않는다.

말만 하는 사람은 바람과 같이 허무하다.

어떤 성공도 작은 실수 하나를 숨기지는 못한다.

모든 힘을 한 번에 다 사용하지는 말라.

유리처럼 깨지기 쉬운 사람이 되지 말라.

내실 없이 높은 자리에 오르는 건 불행이다.

무지하고 모르는 자를 고쳐주는 약은 없다.

남이 나를 의존하도록 욕구를 부른다.

위안을 얻지 못할 고통은 없다.

이 세상은 천국과 지옥의 중간에 있다.

가짜 예의의 함정을 분별하라.

위하는 척하며 제 실속만 챙기는 사람을 주의하라.

최선을 바라면서도 늘 최악을 대비하라.

지식을 올바로 활용할 줄 아는 지혜를 갖춰라.

제 명성을 못 지키면 남의 명성도 못 지킨다.

이리저리 참견해서 자기 자리를 마련하지는 말라.

유대인의 말에 대한 7계명

이스라엘 사람들이 5살 때부터 가르치는 조기교육 '토라'에서 가르치는 말에 대한 7계명

1. 항상 연장자에게 발언권을 먼저 준다.
2. 남의 이야기 도중에는 절대 끼어들지 않는다.
3. 말하기 전에 충분히 생각한다.
4. 대답은 당황하지 말고 여유 있게 한다.
5. 질문과 대답은 간결하게 한다.
6. 처음 할 말과 나중에 할 말을 구별한다.
7. 잘못 말한 것은 솔직하게 인정한다.

김홍성

여의도순복음교회 22년 시무
기독교하나님의 성회 교단총무
현) 상록에벤에셀교회 담임목사

충혼의 사도 의사 안중근

안중근(安重根)
(1879~1910)

최 강 일

가족관계 : 조부 ──진해현감으로 슬하 6남3녀 중 셋
　　　　　　　　째아들이 안의사 부친
　　　　　　부친 ──문필이 출중했던 진사로 3남 2녀
　　　　　　　　중 안 의사가 장남
　　　　　　모친 ──천주교인 조마리아 여사

　부친이 갑신정변에 연루되어 관직을 버리고 안
의사 6세 때 황해도 신천 두라면 청계동에 은거.

　안 의사는 사숙에서 9년간 한학공부─유가경전,
조선역사, 베트남, 폴란드 망국사를 읽으며, 사냥
과 말 타기를 즐기고 사격을 좋아했다. 17세 때
프랑스 신부에게서 세례를 받고 '도마'라는 이름을
얻는다. 그 신부한테 프랑스어와 서양문화를 배운
다. 10년간 황해도 각지를 순회하며 천주교교리를
전파한다. 27세까지.

1905년 일본의 이토 히로부미가 무력으로 대한 제국 외교권을 박탈하고 1906년 초대 조선총독으로 와서 대한제국 식민지화를 가속시킨다.

1906년 안 의사는 진남포로 이주, 재산을 처분하여 삼흥학교, 돈의학교를 세우고 교장에 취임하여 인재양성에 심혈을 기울이며 안창호 등과 계몽운동을 전개한다.

1907년 일본은 헤이그밀사사건을 구실로 이토가 고종을 강제로 퇴위시키고 조선 군대도 해산시킨다. 교육 구국은 한계가 있다고 깨닫고, 무력항쟁의 길로 나가기로 결심한다. 고종황제는 헤이그에서 개최되는 만국평화회의에 3명의 특사를 파견하여 을사늑약의 불법성을 온 세상에 폭로하려 하였지만 실패한다. 대한제국 군대가 강제로 해산되는 참담한 시가전을 목도하고 망명길에 오른다.

1908 연해주에서 의병을 조직하여 참모중장으로 항일운동 시작. 300여 명의 의병을 인솔하여 항일운동 전개

단지동맹 - 조국을 위해 죽기를 맹세하고, 12명

의 동지를 모아 비밀결사단체를 조직하고, 왼손 약지 한 마디를 잘라 결의하고 태극기에 '대한독립'이란 혈서를 썼다. 의병활동 중 12일 동안 단 두끼를 먹고 두만강을 다시 건너 연해주로 생환 .

할빈의거 –대한제국 침략의 원흉인 이토 히로부미가 중국 할빈에 온다는 소식을 듣고 그를 제거할 것을 결심한다.

1909년 10월 26일 —이토가 탄 전용열차가 할빈역에 도착했을 때 안의사는 일본인 복장으로 위장하고 일본인 환영객 속에 끼어 대합실로 들어갔다가 러시아군 대열 사이로 빠져나가 5m거리에서 세 발의 총탄발사로 이토는 절명했고(68세), 이토를 뒤따르던 일본군 고위층에 세 발을 더 쏘고 나서 러시아말로 '코레아 우라'(대한제국 만세)를 삼창하고 의젓하게 체포되었다. 이토는 러시아 재정대신과 만나 대한제국을 병탄하고 중국 내정을 간섭하며, 러·일 쌍방의 세력범위를 획분하는 문제를 상담하려고 했었던 것이었다. 이토 히로부미는 초대 대한제국 통감이며 추밀원원장으로 일본 정계의 중

심인물이자 대한제국 침략의 원흉으로 동양평화의 교란자였다.

안 의사는 일본조사대의 심문과정에서 이토 히로부미의 죄상 15가지를 열거하며, 대한제국의 의병 참모장으로서의 전쟁포로 대우를 하라고 당당히 주장했다. 일본 정부는 안의사를 극형에 처하라는 비밀명령을 내려 변호사들의 활동도 거절하고, 불법적인 판결로 안 의사의 목숨을 빼앗는다.

영국 기자는 '승리자는 안중근 의사이고, 이토 히로부미는 한낱 파렴치한 독재자로 전락했다'고 보도했다. 안 의사는 상소하라는 권유를 거절하고 대장부의 기개를 떨쳐 떳떳한 모습을 보여주었다.

안 의사의 모친 조마리아 여사는 두 아들을 뤼순감옥에 보내 "너는 정의를 위하는 일로 싸우다 체포된 바, 비굴하게 살려고 하지 말고, 마땅히 대의를 위하여 죽는 것이 어미에 대한 효도이니라"라고 전하게 하였다. 일본의 아사이신문은 '그 어머니에 그 아들'이란 제목으로 논평을 발표하여 안 의사와 그 어머니의 고상한 정신을 찬양하였다고 한다.

사형선고를 받은 후 안의사는 모친과 부인에게 고별편지를 보내고, '동양평화론'을 쓰면서 200여 점의 유묵을 써서 남겼다. 동포에게 고하는 말씀과 최후 유언도 남겼다.

1910년 3월 26일에 안의사는 할빈 의거 후 반 년 만에 뤼순감옥에서 31세의 나이로 순국하였다. 일본은 가족의 시신반환 요구도 거절하고, 비밀리에 안 의사의 시신을 뤼순감옥 어딘가에 묻어버려서 아직까지 시신을 찾지 못하고 있다.

안의사는 최후 유언에서 '자신의 뼈를 할빈공원 곁에 묻었다가, 국권이 회복되거든 고국으로 반장해달라'고 말했고 '국민들이 독립을 위해 투쟁하고 대한독립의 소리가 천국에 들려오면 춤추며 다시 만세를 부르겠노라' 라고 하였다.

안중근 의사는 날이 갈수록 더욱 많은 사람들의 존경을 받고 있다. 일본 미야기현 대림사에 안 의사의 필적 비석이 세워졌고, 러시아 블라디보스토크 원동국립대학원에도 안 의사의 기념비가 세워져 있다. 서울 남산에는 안의사의 기념관이 세워져 그의 애국정신을 기리는 후손들의 발길이 그치지 않고 있다. 중국의 주은래, 손문, 장개석, 원세개 등 인물들도 안의사의 기개를 칭송하였다.

동양평화론은 집필한 지 10일 만에 사형을 당하는 바람에 서언과 요약만 쓰고 나머지는 쓰지 못했다. 그러나 안의사의 미래 시국발전에 대한 정확한 예견과 동양평화에 대한 심원한 구상을 알 수 있게 하였다. 동양평화론을 저술할 시간으로 한 달 남짓 사형집행을 늦춰줄 수 있겠는가를 요구하여 그러겠다고 약속하고서도 일본 정부의 강요로 사형일을 앞당긴 것이었다.

안 의사는 16세 때 김마리 여사와 혼인하여 2남 1녀를 두었다. 평소에 뿌리 없는 나무가 어찌 자랄 수 있을 것이며, 나라 없는 백성이 어디서 살 것인가! 강한 힘을 키워 스스로 국권을 회복해야만 독립을 이룰 수 있다는 자각으로 독립운동에 목숨 바쳐 헌신하신 애국지사님들의 은공을 잊지 말아야 할 것이다. 안 의사는 1909년 11월 3일부터 1910

년 3월 26일까지 144일간 수감되었다. 여러 나라 진보적인 신문과 간행물들은 평론을 발표하여 안 의사의 반제국주의와 애국적인 행동을 높이 찬양하였다. 단지동맹을 맺고 3년 안에 이토 히로부미를 제거하지 못하면 자살로써 자신의 무능을 증명하겠다고 말씀하였다고 한다. 사형 당일 그는 모친이 전해주신 한복과 검은 바지를 입고 '나라를 위해 몸 바침은 군인의 본분이다'라는 휘호를 남겼다. 그러면서 그의 뜻을 동포들에게 전해주고 국민의 의무를 다 할 것을 부탁했다. '나의 행동은 동양평화를 위한 것이다. 나는 한·일 양국국민들이 서로 협력하여 평화를 실현하기를 바란다'라고 3분간 기도하고 교수형이 집행되었다. 그가 의연하게 순국하였다는 소식이 퍼지자 많은 중국인들도 그를 추모하였다.

최강일

「한국크리스천문학」 수필등단, 한국크리스천문학기협회 회원, 고려대학교 영어영문학과 졸업, 남강고등학교 교사로 정년퇴임, 옥조근정훈장 대통령표창 수상

종교의 예술 창조 (4)

이 상 열

4. 바벨론의 창조설화

인류가 현대에 이르기까지 걸어온 사상적 흐름을 고찰해보면 옛날과 그리 변한 게 없다. 그러나 20세기에 이르러 과학은 현대 사회를 크게 변화시켰고, 그리고 인간의 행동 변경을 확대시켰다.

그로 인해 인간은 옛날보다 더 풍요롭게 살아갈 수 있게 되었으며 신의 은총을 모르면서도 자유롭게 행동할 수 있게 되었다.

종교는 우리들 실사회에 별 도움을 주지 못한지가 이미 오래다. 아무도 우리가 죽어서 천국에 가리라는 그런 꿈을 꾸는 자도 없다.

그러면서도 많은 사람들은 종교에 몸을 의탁하고 있고, 거기서부터 삶을 추구하고 있다. 과학의 발달로 인간의 삶은 더욱 더 풍요함을 누리면서도 그에 비례해서 더욱 더 고독함을 느낀다. 이는 비단 오늘의 문제만은 아니었다.

인류가 걸어온 발자취를 더듬어 보면 언제나 그

사회가 안고 있는 문제들이었다. 그리고 그러한 문제들은 그 사회 나름대로의 심각한 것이었다. 그럴 때마다 인간들은 새로운 삶을 추구하기도 했지만 인류가 안고 있는 고뇌는 항상 그러한 흐름을 반복하는데 지나지 않았다.

이러한 흐름을 분류해 보면 양대 흐름으로 나누어 볼 수 있는데 이를 '헬레니즘'과 '헤브라이즘'이라고 한다.

창세기에 나오는 창조 이야기에서 하나님은 인류를 위해 세상을 만든다. 그러나 바벨론니아 신화에서 신들이 인간을 만든 것은 인간으로 하여금 신들을 위해 봉사하도록 하기 위해서이다.

태초에 하늘의 신 아프스와 혼돈의 여신 티아마트가 있었다. 이들의 결합으로 모든 신들이 태어났다. 젊은 세대 신들은 장성하여 마르둑 우두머리로 뽑았다. 어머니인 티아마트와 그녀의 애인 킹구를 죽임으로써 창조 작업을 마무리한 신이 바로 마르둑이다.

마르둑은 잠시 숨을 돌리고 티아마트의 시신을 찬찬히 살펴보았다. 그 괴물을 쪼개 예술품을 만들

수 있겠는지 알아보기 위해서였다.

마르둑은 티아마트의 시신을 쪼개 자르듯 두 쪽으로 갈랐다. 그리고 반쪽을 들어 하늘에 궁륭을 만들고……

반란을 꾸미고 티아마트를 부추겨 전투에 가담하도록 한 것은 킹구였다. 그들은 킹구를 묶어 에아 앞으로 데리고 갔다. 그들은 킹구에게 유죄를 선언하고 그의 혈관을 잘랐다. 킹구의 피로 그들은 인간을 만들었다.(J.F.비 엘레인, 현준만 옮김, '세계의 유사신화'에서 인용)

'헬레니즘'은 그리스 정신을 말하며 '헤브라이즘'은 히브리 민족의 정신, 즉 기독교 정신을 말한다.

'헬레니즘'의 문학가로는 호머, 삽포, 소포클레스, 철학가로는 플라톤, 아리스토텔레스 그 밖에 많은 예술인을 배출해 냈다면 '헤브라이즘'은 성서를 완성시켰다.

또 지중해를 배경으로 형성된 이 양대 문화의 흐름은 전자는 인류에 휴머니즘의 정신을 정착시켰고, 후자는 내세적이요, 영적이며, 신앙적인 종교를 형성시켰다.

5. 성서의 구성

대체로 성서하면 구약성서와 신약성서를 합한 것을 말한다. 성서는 전 66권으로 그 중에서 구약이 39권, 신약이 27권으로 되어 있다. 그리고 구약과 신약이라는 명칭은 2세기말까지만 해도 그리 흔하게 사용되지 않았다고 한다.

구약성서는 '율법과 예언서'로 짜여 있다. 율법은 모세의 십계명을 뜻하며 오경에 잘 기술되어 있다.

오경(Pentatench)은 율법(Torah)으로 알려진 모세의 다섯 권 (창세기, 출애굽기, 레위기, 민수기, 신명기)의 책을 말한다.

이 중에서 창세기를 제외한 4권의 책은 구약의 1/6을 차지하고 있는데 그 주요 골자를 살펴보면 애굽에서 가나안으로 이스라엘 백성을 인도하신 하나님의 섭리에 관한 역사적 대사건을 기술하고 있다.

창세기는 우주의 시작으로부터 인간창조, 홍수, 소명을 받은 아브라함, 이삭과 야곱의 후손을 이스라엘 백성으로 하나님께서 선포하시는 것을 그 내용으로 하고 있다. 예언서는 원래 8권으로 전기 예

언자(여호수아, 사사기, 사무엘, 열왕기)의 4권과 후기예
언자(이사야, 에레미야, 에스겔, 12소예언자)의 4권으로
나누어지고 있다.

현대어 역 성서에는 전자는 6권, 후자는 5권으
로 되어 있다. 예언서의 주요 골자는 다윗의 가문
에서 고귀한 왕이 나실 것이라는 내용이다. 대체로
구약성서는 '하나님과 인간과의 약속'을 그 테마로
하고 있다.

흔히 모세 언약(출24:8 왕하23:2)이라고 한다. 그
리고 '구약'이란 글자 그대로 '옛 약속'이라는 뜻으
로 해석되어지기도 한다. 주요 내용은 모세의 율법
이후의 광야 생활, 가나안의 부분적 정복, 남북왕
국의 분열, 사사들과 영왕들 치하에서의 생활, 임
박한 포로 생활에 대한 예언자의 경고, 포로생활,
유다의 팔레스틴에로의 귀한 등이다.

다시 이 '옛 약속'은 '새 약속'(마26:28)으로 이어
지며 이 '새 약속'은 다윗의 자손인 메시아, 즉 그
리스도에 의해서 비롯하게 된다. 이것은 복음이라
고 한다. 복음은 '기쁜 소식'을 말한다.

미지의 나라에서 전해 온 소식/ 그 나라에 나의

보물과 부가 있음을 알리는 듯/ 나의 마음은 심히 불 타고/ 나의 영혼은 귀에 이끌리었다.

(17세기 영국의 시인 토마스트라헌의 '소식(NEW)'의 1연)

6. 성서의 배경

다시 성서의 역사적 무대(배경)를 살펴보도록 하자. 성서의 역사 무대는 '팔레스틴'이었다. 이곳은 기독교의 발상지로서 인류의 발전을 위하여 크게 공헌하고 있다. 그러나 실제적으로는 지극히 작은 보잘것 없는 국토였다. 그런가 하면 히브리인의 역사는 수난의 역사라고 할 수 있다. 그러면서도 히브리인들은 한 번도 굴복한 일이 없는 축복의 민족이라는 역사의식을 지니고 있으며 하나님이 그들을 인도해 주신다는 한결같은 믿음으로 이 모두는 하나님의 계시에서 비롯되고 있다.

이러한 계시는 창세기에서부터 시작되고 있다. 또, 계시로부터 시작되는 그들의 신앙은 '유프라데스' 하류의 지방 도시인 '우르(Ur)'로 이어진다.

이 '우르'에서 아브람은 야훼인 하나님의 계시를 받게 된다.

"너는 너의 본토 친척 아비 집을 떠나 내가 네게 지시할 땅으로 가라. 내가 너로 큰 민족을 이루고

네게 복을 주어 네 이름을 창대케 하리니 너는 복의 근원이 될지라"(창12:1-2)

마침내 '아브람'은 야훼께서 보여준 약속의 땅 가나안에 정착하게 된다. 이 때 '아브람'은 '아브라함'이라는 칭호를 받게 되고 최초의 족장시대의 막을 올리게 된다.

아브라함 때부터 5-6세기가 지난 후 '출애굽'이라는 역사적 신기원의 사건이 일어나게 된다.

이집트의 노예생활에서 히브리인들을 해방시키고 그들을 약속의 땅으로 인도했던 모세는 기적적으로 홍해바다를 건넘으로써 그들은 유일하신 하나님의 가호를 받고 있다는 확실한 믿음을 갖게 된다. 이러한 그들 이 후에 이방인의 관습에 현혹되어 우상숭배의 늪에 빠져 불신의 민족이 된 그들은 바벨론의 포로가 되기도 했다.

이러한 시련과 고통 속에서 그들은 또 다른 영적 체험을 하게 되었고, 내적인 종교의 기초를 마련하기도 했다. 그러나 계속되어지는 이스라엘 민족의 배신과 불신앙에 예언자들은 야훼신의 심판의 날을 통고한다. 이러한 상황 속에서 야훼신은 그들에게 새 왕(메시아)을 보내 주시겠다는 약속을 한다.

결국 이 새 왕이 신약성서로 이어지게 되는데 그가 바로 그리스도이신 예수였다. 그러니까 그리스도는 기독교는 그리스도이신 예수의 탄생과 더불어 시작된다. 따라서 기독교 예술을 논함에 있어서도 그 초점은 예수 그리스도에 모아져야 한다.

그것은 예수 그리스도를 도외시하고서는 어떠한 기독교적 예술의 독창성도 표현해 낼 수 없기 때문이다.

'팔레스틴'은 '필리스티아'(Phlistia, 블레셋). 즉, 블레셋 사람의 땅에서 유래한 명칭이었다. 지금은 구약성서가 말하고 있는 가나안 땅, 또는 이스라엘 땅 전체를 말하기도 한다.

7. 그리스도의 참 뜻

예수는 새 시대의 새로운 메시지를 신약시대의 사람들에게 보내고 있었다. 그 메시지는 세상의 종말과 하늘나라였다. 그러나 이 같은 메시지가 신약의 전부라고 생각해서는 안 된다. 그렇다 해도 신약의 문을 열기 위해서는 이러한 메시지가 무엇을 뜻하고 있는가를 알아야 한다.

확실한 것은 그리스도께서 우리에게 새로운 메시지를 주셨다는 것이다. 그 당시의 사람들은 그러한 메시지가 무엇을 말하는 것인지를 알지 못했다. 그리스도께서 살아 계시는 동안의 팔레스틴 지방은 로마의 통치하에 있었다.

로마군의 침입 이전의 유대인들은 약 80년간 정치적 안정을 누리고 있었는데 막상 로마군의 침입을 당하고 나자 심히 분개하였고, 특히 로마 원로원이 헤롯대왕(BC37-4)으로 하여금 이 지역의 대부분을 다스리게 하자 사실은 유대인들도 구약의 메시아에 대한 출현을 고대하게 되었다. 이때 예수께서 이 세상에 오신 것이다. 마태는 예수를 아브라함과 다윗의 자손이라 칭하고(마1:1). 하나님께서 한 약속을 성취하러 오신 분이라고 하였으며 누가는 그리스도가 곧 하나님의 아들이라는 것을 예수의 족보를 통해서 암시하기도 하였다.(눅3:38) 그러나 유대인 중의 어느 한 사람도 예수를 그들의 메시아로 받아들이지 않았다.

그러한 이유 중의 하나가 그들이 생각했던 메시

아란 외세의 압박으로부터 그들을 구원하고 모든 나라를 다스릴 수 있는 그런 메시아를 바라고 있었기 때문인데 예수와 같은 고난 받는 메시아란 꿈에도 생각할 수 없었던 것이다.

그러니까 구원에 관한 견해의 차이라고 볼 수 있다. 그들은 그들 자신의 죄 사함을 받고 진정한 영적 자유란 어떤 것인지를 깨닫지 못하였기 때문이라고 볼 수 있다.

사실 그런 견해의 차이는 종말과 하늘나라에 있었다. 그러나 예수께서는 이를 통해서 우리 인간을 구원에 이르게 하시려고 했다. 그렇지만 그들은 이를 이해할 수 없었던 것이다.

아직도 많은 사람들은 말세가 오기 전에, 죄의 심판을 받기 전에 예수 그리스도를 믿고 구원을 받자는 식인데 이 모두가 안일주의적 사고방식이었다. 구원이란 우리가 죽어서 천국에 가는 것이기는 하지만 진정한 구원이란 단순히 우리가 죽어서 천국에 가기 위해서만은 아니다.

간략하게 말하면 구원이란 우리가 그리스도의 부활을 진정으로 받아들이는 것이다. 그 또한 우리

가 우리 삶에서 거듭나는 것이다. 그것은 다시 말
하면 인간이 추구하고 있는 새로운 삶을 의미한다.
그러므로 우리 기독교 예술인들은 이를 분명히 해
서 예수 그리스도의 참 뜻을 승화시킬 수 있어야
할 것이라고 보는 것이다.

이상열

「수필문학」 등단, 저서 「기독교와 예술」외 다수,
수필집 「우리꽃 민들레」 한국문인협회 회원, 바기오예술
신학대학교 총장 역임, 한국문화예술대상, 환경문학상, 현
대미술문화상 외, 극단 '생명' 대표/상임연출, 로빈나무문화
마을 대표

고인의 명복을 빈다는 말

많은 사람들이 하늘에 하나님의 나라가 있다는 것을 믿는다. 그 증거로는 후손들이 돌아가신 고인을 땅에 묻고 "부모님 지하에서 행복하세요."하는 사람은 없다. 대개는

"세상에서 못 누린 복을 하늘나라에서 누리세요." 한다.

이 말은 기독교인이나 비기독교인이나 똑같이 하는데 조화를 보내거나 부의금 봉투에, 혹은 전화로 고인의 명복을 빈다고 한다. 명복이란 죽어서 저승에 가 복을 누리라는 말인데 저승이 어딘가?

한자로 명복(冥福)은 곧 저승(黃泉), 지하에 있다고 상상하는 세계, 사람이 죽은 뒤에 그 영혼이 가서 산다고 믿는 사후세계에서 복 받으라는 말인데 이승, 이생(此生)에 어원을 두고 있듯이 저승은 피생(彼生)에서 유래하였다. 저승은 후생(後生)·타계(他界)·명부(冥府)·음부(陰府)·명도(冥途)·명토(冥土)·황천(黃泉)·유계(幽界)·유명(幽冥) 등으로 부르기도 한다. 이 가운데 명부와 음부는 이승의 관부(官府)와 같은 개념을 저승에 상정한 것이다. 저승에 극락과 지옥

153

이 있다는 관념은 도교와 불교의 저승관이 한국에 도입된 이래 통용된 것이다. 황천(黃泉)으로 가는 길에는 또 삼도천(三途川)이라는 강이 있다는데 그 강가에서 기다리고 있는 망령들은 무서운 존재들인 것 같다. 지하에 묻히면 구원(九原), 명국(冥國), 명조(冥曹), 시왕청(十王廳), 유계(遺界), 유도(幽都), 유명(幽冥), 음부(陰府)로 간다는 거다. 명(冥)자는 어둡다, 해가 가려진 음산한 곳이란 의미의 글자다.

그래서 기독교적으로는 상반된 의미의 말이다. 기독교는 육신은 땅에 묻혀 흙으로 돌아가고 영혼은 하늘나라로 간다는 신앙관이 분명하기 때문이다. 그래서 기독교인이 '삼가 명복을 빕니다'라는 말은 피하는 것이 좋을 것이다. 기독교인들이 쓴 조문엔 이런 문구가 있다.

* 삼가 조의를 표하며 / 유족들께 하나님의 위로가 함께 하시기를 기도합니다.
* 천국에서 편히 쉬시옵소서! / 유족들에겐 하나님의 위로가 함께하시길 기원합니다.
* 주님 품에 고이 안겨 영원한 안식에 드소서.
* 고통 없는 천국에서 영생하소서!/유가족 위에 하나님의 은혜가 함께하기를 기도합니다.
* 슬픔을 당한 유족에 주님의 위로와 평안이 함께 하시길 기도합니다.
* 주님의 은총이 고인과 유족 위에 함께하기를 기도합니다.

우정만리
'울 엄마 정말 잘 살았네!'

최 혜 경

라면을 끓여 먹고 싶어서 김치를 꺼내려고 냉장고를 열어보니 냉장실이 텅텅 비어 있었다. 요즘 아들 녀석도 대학생이 된 뒤로 자취하느라 나가 있고, 남편도 일이 바빠 집에서 밥을 잘 안 먹게 되니 나도 주방에 있는 시간이 많이 줄어들었다. 그러다 보니 냉장고에 김치 덜어 놓은 밀폐 용기만 덩그러니 자리를 차지하고 있다. 게다가 올 여름엔 너무 덥고, 지쳐서 게으름을 피웠더니 냉장실 선반이 지저분했다. 더 이상의 게으름은 안 되겠다 싶어 급히 라면을 먹고 냉장고 청소를 시작했다. 먼저 선반을 모두 꺼내 마른 행주로 물기를 닦고 냉장실 안쪽 벽면을 깨끗이 닦은 후 선반을 다시 제자리에 넣으니 냉장고가 깨끗해졌다. 마지막으로 겉면을 닦고 나니 그제야 속이 개운했다. "이게 어떤 냉장곤데 깨끗이 잘 써야지"라고 중얼거리며 냉장고를 손으로 한 번 쓰다듬었다.

전에 쓰던 냉장고는 15년 전 이 집으로 이사 오면서 새로 구입한 것이었다. 그전까지는 위아래로 문이 있는 냉장고를 쓰다가 양문형 냉장고를 샀더니 그렇게 좋을 수가 없었다. 그렇게 잘 쓰던 냉장고가 9년 정도 되었을 때부터 고장이 나기 시작했다. 수리 기술자가 고쳤는데도 1년 후에 또 고장이 나고, 이런 식으로 3년 동안 세 번이나 고장이 났다. 수리공이 한 번 더 고장 나면 그땐 차라리 새것으로 바꾸는 게 나을 것이라고 하였다. 누가 그걸 모르나, 하지만 그때 남편의 사업이 힘들어져 허덕이고 있을 때라 어떻게든 냉장고가 잘 버텨주기만을 바라고 있었다. 하지만 냉장고는 내 편이 아니었다. 또 고장이 난 것이다. 너무 속이 상해 내 사정을 잘 아는 친구에게 전화로 하소연을 하였다. 그랬더니 그 친구가 하는 말이 마침 자기 냉장고를 바꾸고 싶었는데, 자기가 쓰던 냉장고를 가져다 써도 되겠느냐고 조심스럽게 물었다. 나는 당장 큰돈이 안 들어가니 좋다고 했다. 혹시 나 때문에 일부러 냉장고를 바꾸겠다고 하는 건 아닌지 물어보았지만 그는 얼마 전부터 바꾸고 싶었다고 했다.

그 친구는 자기가 새로 살 냉장고를 알아보고 정해
지면 배달 날짜에 맞춰 자기가 쓰던 냉장고를 옮길
수 있도록 예약을 해놓겠다고 했다. '아! 사람이
죽으란 법은 없구나'라며 안도의 한숨을 내쉬었다.
그리고 일주일 후 수상한 문자 메시지를 받았다.
전자 제품 물류 센터에서 이틀 후에 냉장고가 배달
된다는 것이었다. '도대체 이건 뭐지?' 아마도 친구
가 냉장고를 사면서 배달될 주소를 착각해서 우리
집 주소를 적었나 보다라고 생각하며 친구에게 전
화를 했다. 그런데 뭔가 이상했다. 자꾸 말을 얼버
무리고 바쁘다고 조금 있다가 다시 전화를 하겠다
며 전화를 서둘러 끊는 것이었다. 뭔가 분위기가
이상하게 돌아가는 느낌이었다. 조금 후에 같이 모
임을 갖는 다른 친구에게서 전화가 왔다. 그 친구
의 말에 의하면 좀 전의 그 친구가 내가 냉장고 때
문에 속상해하는 말을 듣고 자기 냉장고를 가져다
쓰라고 했는데, 아무래도 쓰던 냉장고를 주는 게
마음에 걸린다고 친구들끼리 의논을 했다는 것이
었다. 그 이야기를 듣고 친구들 네 명이 협조해서
냉장고를 사주자고 의견을 모았다는 것이었다. 처

음 냉장고를 보내주기로 했던 친구가 직접 매장에 가서 내 맘에 들 만한 냉장고를 선택하여 배달 예약까지 했는데, 그 이야기를 내게 차마 하지 못한 것이라는 사실을 알게 되었다. 내가 그런 도움을 받는 것에 대해 마음의 상처를 받을까 봐 차마 말을 못하겠다고 다른 친구에게 대신 말을 해달라고 했다는 것이었다. 대신 총대를 메고 전화를 한 친구도 내가 상처를 받을까 봐 조심스럽게 말을 한 것이었다. '만약 입장이 바뀌었다면 너도 그런 결정을 했을 거야'라고 하면서 그냥 잘 써달라고 오히려 나한테 부탁까지 했다. 나로서는 생각지도 못했던 일이라 무슨 말을 해야 할지 갑자기 머릿속에서 아무 생각도 나지 않았다. 그리고 눈물이 나기 시작했다. 그러나 일은 이미 벌어졌고, 내가 끝까지 거절하면 친구들의 성의를 무시하는 게 될 터이고, 아무튼 그때 내가 무슨 말을 했는지 지금은 기억이 잘 안 난다. 전화를 끊고 다른 친구들 세 명에게도 전화를 해서 염치불구하고 고맙게 잘 쓰겠다는 인사를 했다.

전화를 끊고 나니 목구멍 깊은 곳에서 묵직한

무엇인가가 아프게 올라오며 눈물이 흐르기 시작했다. 친구들에 대한 고마움과 미안함과 서러움이 뒤엉켜 눈물이 쉴 새 없이 흘려 내렸다. 특히 친구들이 나에게 그런 호의를 베풀면서도 내가 마음의 상처를 받을까 봐 염려되어 오히려 더 조심스러워하는 걸 보니 친구들에게 부담을 안겨준 것 같아 너무도 미안했다. 또 이런 현실이 비참해지며 자기연민에 빠져 급기야 주방 싱크대에 기대고 앉아 대성통곡을 하고 말았다.

마침 고등학교 3학년이던 아들이 수업을 마치고 돌아와 엄마가 울고 있는 장면을 보고 너무도 놀라서 무슨 일이냐고 다급하게 물었다. 내가 진정해서 자초지종을 이야기해 주자 아들이 가만히 듣고 있더니 이렇게 말을 하는 것이었다.

"엄마 참 잘 살았다! 그런 친구들이 있는 엄마가 부러워. 나도 그런 친구들이 있었으면 좋겠어. 내가 커서 이모들한테 갚을게."

그런 말을 듣고 아들에게도 고맙고 대견한 생각이 들었다. "네가 그런 친구가 되면 되는 거야!"라고 말해주고는 또 한 번 울었다. 그 일이 벌써 3년 전 일이다. 친구들은 20년 전 직장에서 만난 친구들이다. 1,2년 후 각자 다른 곳으로 발령을 받아 흩어지면서 모임을 만들어 정기적으로 모여 밥도 먹고 아이들 키우는 얘기도 하며 그렇게 만남을 유지해오는 친구들이다. 내가 녹내장으로 시력을 잃어가면서 세상과 단절하고 살 때도 나를 다시 세상으로 끌어내준 친구들이다. 지금도 모임을 가질 때마다 일부러 나를 데리러 와서 같이 식사하고 수다도 떨며 놀다가 다시 집까지 데려다 주는 수고를 당연한 듯 하고 있는 친구들이다. 그런 친구들이 물론 흔하지 않을 것이다. 그러고 보면 나는 좋은 친구들을 곁에 두고 있는 친구부자임이 틀림없다.

예전 일을 떠올리며 다시 한 번 냉장고를 쓰다듬는다. 좋은 친구들의 애틋한 우정을 생각하면서.

태어나고 싶은 나라 순위

한국이 19위로 이스라엘(20), 이탈리아(21), 일본(25 위), 프랑스(26), 영국(27) 등을 앞서고 있습니다. 우리 스스로는 불행과 불평 속에 살고 있다고 생각하는데 남들 이 보는 눈은 다름을 알 수 있습니다. 우리도 자족함을 알 고 감사와 기쁨으로 행복지수를 높여야 할 것입니다.

순	나라	점수	순	나라	점수
1.	스위스	8.22	15.	벨기에	7.51
2.	호주	8.12	16.	독일	7.38
3.	노르웨이	8.09	17.	미국	7.38
4.	스웨덴	8.02	18.	아랍에미리트	7.33
5.	덴마크	8.01	19.	한국	7.25
6.	싱가포르	8.00 6	20.	이스라엘	7.23
7.	뉴질랜드	7.95 6	21.	이탈리아	7.21
8.	네덜란드	7.94	22.	쿠웨이트	7.18
9.	캐나다	7.81	23.	칠레	7.10
10.	홍콩	7.80	24.	사이프러스	7.10
11.	핀란드	7.76	25.	일본	7.08
12.	아이슬란드	7.74	26.	프랑스	7.04
13.	오스트리아	7.73	27.	영국	7.01
14.	타이완	7.67	28.	스페인	6.96

29. 체코공화국 6.96
30. 코스타리카 6.92
31. 포르투갈 6.92
32. 슬로베니아 6.77
33. 폴란드 6.66
34. 그리스 6.65
35. 슬로바키아 6.64
36. 말레이시아 6.62
37. 브라질 6.52
38. 사우디아라비아 6.49
39. 멕시코 6.41
40. 아르헨티나 6.39
41. 쿠바 6.39
42. 컬럼비아 6.27
43. 페루 6.24
44 클로아티아 6.0
45. 벨네쥬라 6.0
46. 헝거리 6.0
47. 에스토니아 6.0
48. 라트비아 6.01
49. 중국 5.99
50. 태국 5.96
51 터키 5.95
52. 도미니카 5.93
53. 남아프리카 5.89
54. 알제리아 5.89

55. 세르비아 5.844
56. 루마니아 5.85
57. 리트아니아 5.82
58. 이란 5.78
59. 튜니지아 5.77
60. 에집트 5.76
61. 불가리아 5.73
62. 엘살바돌 5.72?"
63. 필리핀 5.71
64. 스리랑카 5.71
65. 에콰도르 5.70
66. 인도 5.67
67. 모로코 5.67
68. 베트남 5.64
69. 요르단 5.63
70. 아제르바이잔 5.60
71. 인도네시아 5.54
72. 러시아 5.31
73. 시리아 5.29
74. 카자흐스탄 5.20
75. 파키스탄 5.17
76. 앙골라 5.09
77. 방글라데시 5.07
78. 우크라이나 4.98
79. 케냐 4.91
80. 나이지리아 4.74

☞ 건망증과 치매 구분 방법
건망증 : 우리 집 주소를 잊어먹는다.
치 매 : 우리 집이 어딘지 잊어먹는다.

건망증 : 아내 생일을 잊어 먹는다.
치 매 : 아내 얼굴을 잊어 먹는다.

건망증 : 볼일 보고 지퍼를 안 올린다.
치 매 : 지퍼를 안 내리고 볼일 본다.

건망증 : 심해질수록 걱정된다.
치 매 : 심해질수록 아무 걱정이 없다.

☞ 치매 할머니와 치매 기사.

말없이 택시 뒷좌석에 앉아 있던 할머니가
무엇인가 생각난 듯 갑자기 소리를 친다..
"기사양반, 내가 어디로 가자고 했지?"
택시기사 화들짝 놀라며~
"옴마야 깜짝이야! 할머니, 언제 탔어요?"
☞ 치매 부부 1
할머니가 하루는 동창회에 참석했는데 다른 친구들이 교가를
몰라서 자기가 불렀다..
"동해물과 백두산이 마르고 닳도록~~"
친구들은 모두 감탄의 박수를 치고 자기들은 벌써 잊어버렸는
데 교가를 부른 친구를 칭찬했다.
할머니가 집에 돌아와서 영감한테 자랑을 했다.
"그래? 그럼 그 교가 다시 한 번 불러보구려!"
할머니가 또 노래를 불렀다.
"동해물과 백두산이 마르고 닳도록~~"
듣고 있던 할아버지 고개를 갸우뚱하고 하는 말.

"이상하다? 학교는 다른데 왜 우리학교 교가하고 똑같지?"

☞ (하트) 수수께끼 유머 시리즈

Q. 파리가 커피 속에 빠져서 죽으면서 남긴 말?

→ A. 쓴맛 단맛 다 보고 간다.

Q. 못 생긴 여자가 계란으로 마사지를 하면?

→ A. 호박전 만든다.

Q. 금세 울고 또 우는 여자는?

→ A. 아까 운 여자

Q. 커피숍에서 창이 없는 구석에 혼자 앉아 있는 남자는?

→ A. 창 피한 남자

Q. 남녀가 공통적으로 지켜야 할 도리는?

→ A. 아랫도리

Q. 장님과 벙어리가 싸우면 누가 이길까?

→ A. 장님이다. 눈에 뵈는 게 없으니까.

Q. 소방관과 경찰이 싸우면 누가 이길까?

→ A. 소방관이다. 물불을 안 가리니까.

Q. '우리에게 내일은 없다.'는 누가 하는 말?

→ A. 하루살이

Q. 병든 자여, 모두 오라는 누가 한 말인가?

→ A. 엿장수

Q. 벌건 대낮에 홀랑 벗고서 손님 기다리는 건?

→ A. 통닭

Q. 남자들이 좋아하는 여자는?

→ A. 질 좋은 여자, 속 좁은 여자

Q. 브라자가 꽉 조이면 무슨 일이 생길까?

→ A. 가슴 아픈 일

───────────────

웃지 않고 보낸 날은 실패한 날, 웃음은 유통 기한과 부작용 없는 만병통치약.

일어로 된 한자

명도(明渡, あけわたし) ⇨ 내어줌, 넘겨줌, 비
　　워줌

부지(敷地, しきち) ⇨ 터, 대지

사물함(私物函, しぶつばこ) ⇨ 개인물건함, 개
　　인보관함

생애(生涯, しようがい) ⇨ 일생, 평생

세대(世帶, せたい) ⇨ 가구, 집

세면(洗面, せんめん) ⇨ 세수

수당(手當, てあて) ⇨ 덤삯, 별급(別給)

수순(手順, てじゆん) ⇨ 차례, 순서, 절차

수취인(受取人, うけとりにん) ⇨ 받는 이

승강장(乘降場, のりおりば) ⇨ 타는 곳

시말서(始末書, しまっしよ) ⇨ 경위서

식상(食傷, しょくしょう) ⇨ 싫증남, 물림

18번(十八番, じゆうはちばん) ⇨ 장기, 애창곡
　　(일본 가부끼 문화의18번째)

애매(曖昧, あいまい) ⇨ 모호(더구나 '애매모호'

165

라는 말은 역전 앞과 같은 중복된 말)

역할(役割, やくわり) ⇨ 소임, 구실, 할 일

오지(奧地, おくち) ⇨ 두메, 산골

육교(陸橋, りっきょう) ⇨ 구름다리(얼마나 아
　　름다운 낱말인가?)

이서(裏書, うらがき) ⇨ 뒷보증, 배서

이조(李朝, りちよう) ⇨ 조선(일본이 한국을 멸
　　시하는 의미로 이씨(李氏)의 조선(朝鮮)이라
　　는 뜻의 '이조'라는 말을 쓰도록 함. 고종의
　　왕비인 '명성황후'를 일본제국이 '민비'로 부른
　　것과 같은 것.

인상(引上, ひきあげ) ⇨ 올림

입구(入口, いりぐち) ⇨ 들머리(들어가는 구멍
　　이라는 표현은 우리 정서에 맞지 않는다.
　　오히려 '들어가는 머리'라는 말은 얼마나 정
　　겨운가?)

입장(立場, たちば) ⇨ 처지, 태도, 조건

잔고(殘高, ざんだか) ⇨ 나머지, 잔액

전향적(前向的, まえむきてき) ⇨ 적극적, 발전
　　적, 진취적

많이 쓰이는 외래어

이 경 택

가스라이팅(gaslighting)＝뛰어난 설득을 통해 타인 마음에 스스로 의심을 불러일으키고 현실감과 판단력을 잃게 만듦으로써 그 사람에게 지배력을 행사하는 것

갈라쇼(gala show)＝어떤 것을 기념하거나 축하하기 위해 여는 공연

갤러리(gallery)＝미술품을 진열, 전시하고 판매하는 장소, 또는 골프 경기장에서 경기를 구경하는 사람

거버넌스(governance)＝민관협력 관리, 통치

걸 크러쉬(girl crush)＝여성이 같은 여성의 매력에 빠져 동경하는 현상

그라데이션(gradation)＝하나의 색상을 다른 색상으로 점차 변화시키는 효과, 색의 계층

그래피티(graffiti)＝길거리 그림, 길거리의 벽에 붓이나 스프레이 페인트를 이용해 그리는 그림

그랜드슬램(grand slam)＝테니스, 골프에서 한 선수가 한 해에 4대 큰 주요 경기에서 모두 우승하는 것. 야구에서 타자가 만루 홈런을 치는 것

그루밍(grooming)＝화장, 털손질, 손톱 손질 등 몸을 치장하는 행위.

글로벌 쏘싱(global sourcing)＝ 세계적으로 싼 부품을 조합하여 생산단가 절약

내레이션(naration)＝해설

내비게이션(navigation)＝① (선박, 항공기의)조종, 항해 ② 오늘날(자동차 지도 정보 용어로 쓰임) ③ 인터넷 용

어로 여러 사이트를 돌아다닌다는 의미로도 쓰임

노멀 크러쉬(nomal crush)=평범하고 소박한 것이 행복하
다고 느끼는 정서

노블레스 오블리주(noblesse oblige)=지도층 인사들에게
요구되는 도덕적 의무

노스탤지어(nostalgia)=지난 시절에 대한 그리움이나 향수
(鄕愁)

뉴트로(new+retro)〉〉 newtro=새로움과 복고의 합성어로
새롭게 유행하는 복고풍 현상

님비(NIMBY. not in my backyard)현상=지역 이기주의
현상(혐오시설 기피 등)

더치페이(dutch pay)=비용을 각자 부담하는 것을 이르는
말

더티 플레이(dirty play)=속임수 따위를 부리며 정정당당하
지 못한 태도로 행동하는 것

데모 데이(demo day)=시연회 날

데이터베이스(data base)=정보 집합체. 컴퓨터에서 신속한
탐색과 검색을 위해 특별히 조직된 정보 집합체. 여러
사람에 의해 공유되어 사용될 목적으로 통합하여 관
리되는 자료 집합

데자뷰(deja vu): 처음 경험 임에도 불구하고 이미 본 적이
있거나 경험한 적이 있다는 이상한 느낌이나 환상. 프
랑스어로 "이미 보았다"는 뜻.

도그마(dogma)=독단적인 신념이나 학설. 이성적인 비판이
허용되지 않는 교리, 교조, 교의 등을 통틀어 이르는
말

도어스테핑(doorstepping)=(기자 등의) 출근길 문답, 호별
방문

도파민(dopamine) = 중추신경계에 존재하는 신경전달물

질의 일종으로 의욕, 행복, 기억, 인지, 운동 조절 등
뇌에 다방면으로 관여함

도플갱어(doppelganger)＝자신과 똑같이 생긴 사람이나 동
물, 즉 분신이나 복제품

드라이브 스루(drive through)＝주차하지 않고도 손님이 상
품을 사들이도록 하는 사업적인 서비스로서 자동차에
서 내리지 않은 상태로 서비스를 받을 수 있는 운영
방식

디자인 비엔날레(design biennale)＝국제 미술전

디지털치매＝디지털 기기에 지나치게 의존하여 기억력이나 계
산력이 크게 떨어진 상태를 일컫는 말

딥 페이크(deep fake)＝인공지능 기술을 이용해 특정 인물
의 얼굴 등을 특정 영상에 합성한 편집물, 주로 가짜
동영상을 말함

딩크 족(DINK, Double Income No Kids 의 약어)＝정상적인 부
부 생활을 영위하면서 의도적으로 자녀를 두지 않는
맞벌이 부부를 일컫는 말

라이브 커머스(live commerce)＝실시간 방송 판매

랩소디(rhapsody)＝광시곡, 자유롭고 관능적인 악곡 형식
(주로 기악곡)

레알(real)＝진짜, 또는 정말이라는 뜻. 리얼을 재미있게 표
현한 것

레트로(retro)＝과거의 제도, 유행, 풍습으로 돌아가거나 따
라 하려는 것을 통칭하여 이르는 말

레퍼토리(repertory)＝들려줄 수 있는 이야깃거리나 보여 줄
수 있는 장기, 상연 목록, 연주 곡목

로드맵(roadmap)＝방향 제시도, 앞으로의 스케줄, 도로지도

로밍(roaming)＝계약하지 않은 통신 회사의 통신 서비스도
받을 수 있는 것. 국제통화기능(자동로밍가능 휴대폰

출시)체계

루저(loser)=패자, 모든 면에서 부족하여 어디에 가든 대접을 못 받는 사람

리셋(reset)=초기 상태로 되돌리는 일

리얼리티(reality)=현실. 리얼리티 예능에서 쓰이는 경우, 어떠한 인위적인 각본으로 짜여진 것이 아닌 실제 상황이나 인물들을 중심으로 이뤄지는 예능을 말함

리플=리플라이(reply)의 준말. 댓글·답변·의견

마스터플랜(masterplan)=종합계획, 기본계획

마일리지(mileage)=주행거리, 고객은 이용 실적에 따라 점수를 획득하는데 누적된 점수는 화폐의 기능을 한다

마조히스트(masochist)=성적으로 학대를 당하고 쾌감을 느끼는 사람

매니페스터(manifester)=감정, 태도, 특질을 분명하고 명백하게 하는 사람(것)

매니페스토(manifesto)운동=선거 공약검증운동

머그샷(mugshot)=경찰에 체포된 범인을 식별하기 위해 촬영한 사진

메시지(message)=무엇을 알리기 위하여 보내는 말이나 글

메타(meta)=더 높은, 초월한 뜻의 그리스어

메타버스(metaverse)=현실세계와 같은 사회·경제·문화 활동이 이뤄지는 3차원 가상세계를 말함

메타포(metaphor)=행동, 개념, 물체 등의 특성과는 다른 무관한 말로 대체하여 간접적, 암시적으로 나타내는 은유법, 비유법으로 직유와 대조되는 암유 표현.

멘붕=멘탈(mental)의 붕괴. 정신과 마음이 무너져 내리는 것

멘탈(mental)=생각하거나 판단하는 정신. 또는 정신세계.

멘토(mentor)=현명하고 신뢰할 수 있는 상대이며 스승 혹

은 인생 길잡이 역할을 하는 사람

모니터링(monitoring)=감시, 관찰, 방송국, 신문사, 기업 등으로부터 의뢰받은 방송 프로그램, 신문 기사, 제품 등에 대해 의견을 제출하는 일

미션(mission)=사명, 임무

바운스(bounce)=튀다, 튀어 오름, 반동력, 탄력 의미

버블(bubble)=거품

벤치마킹(benchmarking)=타인의 제품이나 조직의 특징을 비교 분석하여 그 장점을 보고 배우는 경영 전략 기법

벤틀리(Bentley)=영국의 최고급 수공 자동차 제조사 혹은 이 회사가 만든 차량

보이콧(boycott)=어떤 일을 공동으로 받아들이지 않고 물리치는 일, 불매동맹, 비매동맹

브랜드(brand)=사업자가 자기 상품에 대하여, 경쟁업체의 것과 구별하기 위하여 사용하는 기호·문자·도형 따위의 일정한 표지

브런치(Breakfast+Lunch)=아침 겸 점심으로 먹는 밥을 속되게 이르는 말. 어울참

블랙 컨슈머(black consumer)=악덕 소비자. 구매한 상품을 문제 삼아 피해를 본 것처럼 꾸며 악의적 민원을 제기하거나 보상을 요구하는 소비자

비주얼(visual)='시각적인'이라는 뜻. 한국에서는 사람의 외모를 가리키는 말로도 많이 쓰이는데, 가령 특정 집단에 속한 사람에게 '비주얼 담당'이라 하면 그중에 가장 외모가 뛰어나다는 뜻

빈티지(vintage)=① 포도가 풍작인 해에 유명한 양조원에서 양질의 포도로 만든 고급 포도주
② 오래 되고도 값진 것. 특정한 연대에 만든 것

사디스트(sadist)=가학성애자. 성적 대상에게 육체적, 정신

적 고통을 줌으로써 성적 쾌락을 얻는 사람

사보타주(sabotage)=태업을 벌임. 노동쟁의, 의도적으로
일을 게을리 하여 사주에게 손해를 주는 방법

사이코패스(psychopath)=태어날 때부터 감정을 관장하는
뇌 영역이 처음부터 발달하지 않은 반사회적 성격장
애와 품행장애를 가진 사람들을 지칭하는 데 주로 사
용

세미(semi)=절반(切半), '어느 정도의', '~에 준(準)하는'
의 뜻

센세이션(sensation)=(자극을 받아서 느끼게 되는) 느낌,
많은 사람을 흥분시키거나 물의를 일으키는 것.

소셜 미디어(social media)=누리 소통 매체, 생각이나 의
견을 표현하거나 공유하기 위해 사용하는 개방화된
인터넷상의 내용이나 매체

소셜 커머스(social commerce)=공동 할인구매. 소셜네트
워크서비스(SNS)를 이용한 전자 상거래의 일종.

소프트(soft)=부드러운

소프트파워(soft power)=문화적 영향력

솔루션(solution)=해답, 해결책, 해결방안, 용액

쇼핑몰(shopping mall)=여러 가지 물건을 한번에 살 수 있
도록 상점이 모여있는 곳

스펙터클(spectacle)=(굉장한) 구경거리, 광경, 장관

스태그플레이션(stagflation)=경제 불황 속에서 물가상승이
동시에 발생하고 있는 상태

시놉시스(synopsis)=영화나 드라마의 간단한 줄거리나 개
요. 주제, 기획의도, 줄거리, 등장인물, 배경 설명

시스템(system)=필요한 기능을 실현하기 위하여 관련 요소
를 어떤 법칙에 따라 조합한 집합체.

시즌오프(season off)=철 지난 상품을 싸게 파는 일

시크리트(secret) = 비밀

시트콤(sitcom) = 시추에이션 코메디(situation comedy) 약자, 분위기가 가볍고, 웃긴 요소를 극대화한 연속극

시프트(shift) = 교대, 전환, 변화

싱글(single) = 한 개, 단일, 한 사람

아노미(anomie) = 불안·자기 상실감·무력감 등에서 볼 수 있는 부적응 현상. 사회의 동요·해체에서 생기는 개인의 행동·욕구의 무규제 상태

아웃쏘싱(outsourcing) = 자체의 인력, 설비, 부품 등을 이용해 비용 절감과 효율성 증대를 목적으로 외부 용역이나 부품으로 대체하는 것

아웃렛(outlet) = 백화점 등에서 팔고 남은 옷, 구두 등 패션 용품을 할인하여 판매하는 장소

아이쇼핑(eye shopping) = 눈으로만 사고 싶은 물건들을 둘러보는 일

아이템(item) = 항목, 품목, 종목

아젠다(agenda) = 의제, 협의사항, 의사일정

알레고리(allegory) = 유사성을 적절히 암시하면서 주제를 나타내는 수사법. 즉 풍자하거나 의인화해서 이야기를 전달하는 표현방법

애드 립(ad lib) = (연극, 영화 등에서) 대본에 없는 대사를 즉흥적으로 만들어내는 것

어택(attack) = 공격(하다), 습격(하다), 발병(하다)

어필(appeal) = 호소(하다), 항소(하다), 관심을 끌다

언박싱(unboxing) = (상자, 포장물의) 개봉, 개봉기

얼리어답터(early adopter) = 남들보다 먼저 신제품을 사서 써 보는 사람

에디터(editor) = 편집자

엔터테인먼트(entertainment) = 대중을 즐겁게 해주는 연예

(코미디, 음악, 토크 쇼 등 오락)

오리지널(original)=복제. 각색의 모조품 등을 만드는 최초의 작품. 근원, 기원.

오티티(OTT, Over-the-top)=인터넷 동영상 서비스. 영화, TV 방영 프로그램 등의 미디어 콘텐츠를 인터넷을 통해 소비자에게 제공하는 서비스

옴부즈(ombuds)=다른 사람의 대리인.(스웨덴어)

옴부즈맨(ombudsman)=정부나 의회에 의해 임명된 관리로, 시민들에 의해 제기된 각종 민원을 수사하고 해결해 주는 사람

와이브로(wireless broadband. 약어는 wibro)= 이동하면서도 초고속 인터넷을 이용할 수 있는 무선 휴대 인터넷의 명칭. 개인 휴대 단말기(다양한 휴대 인터넷 단말을 이용하여 정지 및 이동 중에서도 언제, 어디서나 고속으로 무선 인터넷 접속이 가능한 서비스)

유비쿼터스(ubiquitous)=도처에 있는, 사용자가 컴퓨터나 네트워크를 의식하지 않고 장소에 상관없이 자유롭게 네트워크에 접속할 수 있는 환경

이데올로기(ideology)=일반적으로 사람이 인간·자연·사회에 대해 규정짓는 현실적이면서 동시에 이념적인 의식의 형태

인서트(insert)=끼우다, 삽입하다, 삽입 광고

젠트리피케이션(gentrification)=둥지 내몰림, 도심 인근의 낙후지역이 활성화되면서 임대료 상승 등으로 원주민이 밀려나는 현상

징크스(jinx)=재수 없는 일, 불길한 징조의 사람이나 물건, 으레 그렇게 될 수밖에 없는 악운으로 여겨지는 것.

챌린지(challenge)=도전, 도전하다. 도전 잇기, 참여 잇기.

치팅 데이(cheating day)=식단 조절을 하는 동안 정해진

식단을 따르지 않고 자신이 먹고 싶은 음식을 먹는
날

카르텔(cartel)＝서로 다른 조직이 공통된 목적을 위해 일시
적으로 연합하는 것, 파벌, 패거리

카오스(chaos)＝천지 창조 이전의 혼돈(混沌) 상태

카이로스(Kairos)＝기회를 잡을 수 있는 결정적 순간, 평생
동안 기억되는 개인적 경험의 시간을 뜻

카트리지(cartridge)＝탄약통. 바꿔 끼우기 간편한 작은 용
기. 프린터기의 잉크통

커넥션(connection)＝연결, 연계, 연관, 접속, 관계

컨설팅(consulting)＝전문지식을 가진 사람이 상담이나 자문
에 응하는 일

컬렉션(collection)＝수집, 집성, 수집품, 소장품

코스등산＝여러 산 등산(예: 불암, 수락, 도봉, 북한산… 도
봉 근처에서 하루 자면서)

코스프레(cosplay, costume play)＝만화나 애니메이션, 게
임에 나오는 캐릭터의 의상을 입고 서로 모여서 노는
놀이이자 하위 예술 장르의 일종

콘서트(concert)＝연주회

콘셉(concept)＝generalized idea(개념, 관념, 일반적인
생각)

콘텐츠(contents)＝내용, 내용물, 목차. 한국＝'콘텐츠 貧
國(유무선 통신망을 통해 제공되는 디지털 정보나 내
용물의 총칭)

콜센터(call center)＝안내 전화 상담실

쿠폰(coupon)＝상품에 붙어있는 우대권 또는 교환권

퀄리티(quality)＝품질, 질, 자질

크로스(cross)＝십자가(가로질러) 건너다(서로) 교차하다,
엇갈리다

크리켓(cricket) = 공을 배트로 쳐서 득점을 겨루는 방식으로 진행되는 단체 경기. 영연방 지역에서 널리 즐기는 게임

키워드(keyword) = 핵심어, 주요 단어(뜻을 밝히는데 열쇠가 되는 중요하고 핵심이 되는 말)

테이크아웃(takeout) = 음식을 포장해서 판매하는 식당이 아닌 다른 곳에서 먹는 것, 다른 데서 먹을 수 있게 사 가지고 갈 수 있는 음식을 파는 식당

트랜스 젠더(transgender) = 성전환 수술자

틱(tic) = 의도한 것도 아닌데 갑자기, 빠르게, 반복적으로, 비슷한 행동을 하거나 소리를 내는 것

파라다이스(paradise) = 걱정이나 근심 없이 행복을 누릴 수 있는 곳

파이터(fighter) = 싸움꾼, 전투원, 전투기

파이팅(fighting) = 싸움, 전투, 투지, 응원하며 잘 싸우라는 뜻으로 외치는 소리

팔로우(follow) = 따라가다, 뒤따르다/ 사회연결망서비스 상의 한 사람 또는 계정의 사진 글 등을 계속해서 따르겠다, 계속 보겠다는 뜻. 유튜브의 '구독' 같은 개념. 블로그에서는 '이웃추가' 또는 친구추가와 같은 말

팔로워(follower) = 팔로우(follower)를 하는 사람. 추종자, 신봉자, 팬 등의 의미. 어떤 사람의 글을 받아보는 사람

패널(panel) = 토론에 참여하여 의견을 말하거나, 방송 프로그램에 출연해 사회자의 진행을 돕는 역할을 하는 사람 또는 그런 집단.

패러독스(paradox) = 역설, 옳은 것으로 보이나 이상한 결론을 도출하는 주장, 논리적으로 모순을 일으키는 논증.

패러다임(paradigm) = 생각, 인식의 틀, 특정 영역·시대의

지배적인 대상 파악 방법 또는 다양한 관념을 서로 연관시켜 질서 지우는 체계나 구조를 일컫는 개념. 범례

패러디(parody)=특정 작품의 소재나 문체를 흉내 내어 익살스럽게 표현하는 수법 또는 그런 작품. 다른 것을 풍자적으로 모방한 글, 음악, 연극 등

팩트 체크(fact check)=사실 확인

퍼니(funny)=재미있는, 익살맞은, 우스운, 웃기는

퍼머먼트(permanent make-up)=성형 수술, 반영구 화장: 파마(=펌, perm)

포랜식(frensic)=법의학적인, 범죄과학수사의, 법정 재판에 관한.

포럼(forum)=공개 토론회, 공공 광장, 대광장,

푸쉬(push)=(무언가를) 민다, 힘으로 밀어붙이다. 누르기

프라임(prime)=최상등급. 주된, 주요한, 기본적인

프랜차이즈(franchise)=특정한 상품이나 서비스를 제공하는 주제자가 일정한 자격을 갖춘 사람에게 일정지역에서의 영업권을 줌.

프레임(frame)=틀, 뼈대 구조

프로테스탄트(protestant)=신교 신봉 교도(16세기 종교개혁결과로 로마 가톨릭교회에서 떨어져 성립된 종교 단체)

프로슈머(prosumer)=생산자이자 소비자인 사람. 기업 제품에 자기의견, 아이디어(소비자 조사해서)를 말해서 개선 또는 소비자가 원하는 제품을 개발토록 직접 또는 간접적으로 참여하는 사람(프로슈머 전성시대)

피케팅(picketing)=특정 주장을 다른 사람들에게 알리기 위해 그 해당 내용을 적은 널빤지를 들고 있는 행위

피톤치드(phytoncide)=식물이 병원균·해충·곰팡이에 저항하려고 내뿜거나 분비하는 물질. 심폐 기능을 강화시

키며 기관지 천식과 폐결핵 치료, 심장 강화에도 도움
이 된다고 알려져 있다.

픽쳐(picture)=그림, 사진, 묘사하다

필리버스터(filibuster)=무제한 토론. 의회 안에서 다수파의
독주 등을 막기 위해 합법적 수단으로 의사 진행을 지
연시키는 무제한 토론

하드(hard)=엄격한, 딱딱함, 얼음과자(아이스 크림에 반대
되는)

하드커버(hard cover)=책 표지가 두꺼운 것(책의 얇은 표
지는 소프트 커버)

헌터(hunter)=사냥꾼

헤드트릭(hat trick)=축구와 하키에서 한 선수가 한 경기에
서 3골 득점하는 것

호모 사피엔스(homo sapiens)=지혜(슬기)가 있는
사람'이라는 뜻. 사람 속(homo)에 속하는 생
물 중 현존하는 종만을 가리키는 것으로, 인류
의 진화 단계를 몇 가지로 구분하였을 때 가장
진화한 단계임

휴먼니스트(humanist)=인도주의자

해킹(hacking)=다른 사람의 컴퓨터 시스템에 무단으로 침
입하여 데이터와 프로그램을 없애거나 망치는 일

해커(hacker)=해킹(hacking)을 하는 사람

서체로 본 성어

이 병 희

琴淸鶴自舞(금청학자무)

琴-거문고 금   淸-맑을 청
鶴-학 학   自-스스로 자
舞-춤출 무
*거문고 소리가 맑으니 학이
스스로 춤을 춘다
-세상을 살아갈 때 즐거움이 가득하
고 학처럼 고고하고 우아하게 살아가
는 것이 고상한 삶이다.

結草報恩(결초보은)

結-맺을 결   草-풀 초
報-갚을 보   恩-은혜 은

직역-풀을 묶어 은혜를 갚다
의역-죽어서도 잊지 않고
     은혜를 갚는다
    -입은 은혜는 어떠한 일이
     있더라도 반드시 갚는다
*6체-⑪해서⇨⑪행서⇨⑪예서⇨⑪전서
     ⇨⑪금문⇨⑪캘리그래프

*더 자세한 내용을 알고 싶으면
Daum 김색창에 namgok.tistory.com
을 친 다음에 '서예방-내작품'을 열어보면
됩니다.

依門之望 의 문 지 망	자식을 기다리는 어머니의 정. 어머니가 자식이 돌아오기를 문에 의지하고 기다림. 依門之望
疑心暗鬼 의 심 암 귀	의심하는 마음이 있으면 있지도 않은 귀신이 나오는 듯 느껴짐. 疑心暗鬼
異口同聲 이 구 동 성	여러 사람의 말이 한결같이 같음. 异口同声
以卵投石 이 란 투 석	새알로 돌을 치기. 약한 것으로 강한 것을 이기려는 리석음. 以卵投石
以力假人 이 력 가 인	일을 진심으로 힘써 하는 척 가장함. 以力仮人
移木之信 이 목 지 신	위정자가 나무 옮기기로 백성을 믿게 한다는 뜻. 곧 남을 속이지 않을 것을 밝힘. 移木之信
已發之矢 이 발 지 시	이미 떠난 화살. 곧, 이미 시작된 일을 중간에서 멈추기 어려움. 已发之矢

二姓之好 이 성 지 호	신랑 집과 신부 집 사이의 두 터운 정의(情誼).　二姓之好
以小事大 이 소 사 대	작은 나라가 큰 나라를 섬김 以小事大
以小成大 이 소 성 대	작은 일에서부터 시작해서 큰 일을 이룸.　以小成大
以實直告 이 실 직 고	사실대로 모두 고함. 以実直告
以心傳心 이 심 전 심	마음과 마음으로 전달됨. 以心传
以羊易牛 이 양 역 우	작은 것으로 크게 씀. 以羊易牛
以熱治熱 이 열 치 열	열로써 열을 다스림. 以热治热
已往之事 이 왕 지 사	이미 지나간 일. 已往之事

以長擊短 이 장 격 단	장점으로 단점을 침. 以长击短
利害得失 이 해 득 실	이익과 손해와 얻음과 잃음. 利害得失
因果應報 인 과 응 보	과거 행실에 따라 길흉화복 의 보답을 받음.　因果应报
人非木石 인 비 목 석	사람은 감정을 가져 목석처럼 무정하지 않음.　人非木石
人山人海 인 산 인 해	사람이 헤아릴 수 없이 많이 모임.　人山人海
人生無常 인 생 무 상	사람의 삶이 덧없음. 人生无常
人生在勤 인 생 재 근	사람의 근본은 부지런함에 있 음.　人生在勤
人生朝露 인 생 조 로	인생은 아침 이슬과 같이 덧 없음.　人生朝露
因循姑息 인 순 고 식	구습을 버리지 못하고 당장에 편안한 것만을 취함. 因循姑息

因人成事 인 인 성 사	남의 힘으로 일을 이룸. 因人成事
仁者無敵 인 자 무 적	어진 사람에게는 적이 없음. 仁者无敌
仁者不憂 인 자 불 우	어진 사람은 바른 도를 행함 으로 근심이 없음. 仁者不忧
忍之爲德 인 지 위 덕	참는 것이 덕이 됨. 忍之为德
忍痛割愛 인 통 할 애	고통은 참고 즐거움은 나눔. 忍痛割爱
一擧兩得 일 거 양 득	한 가지 일을 하여 두 가지 이득을 봄. 一举两得
一劍之任 일 검 지 임	한 번의 칼질로 임무를 다함. 一剑之任
一謙四益 일 겸 사 익	한 번의 겸손이 네 가지 이익〈천 (天), 지(地), 신(神).인(人)을 얻음. 一谦四益
一經之訓 일 경 지 훈	자식들에게 재산을 유산으로 물려주기보다 한 권의 책을 가르침 一经之训

一騎當千 일 기 당 천	한 기병이 천 명의 적을 당해 냄. 남달리 뛰어난 기술이나 실력을 비유.　一騎当千
一年之計 일 년 지 계	한 해 동안의 계획. 　一年之计
一念發起 일 념 발 기	어떤 일에 대해 그때까지의 생각을 바꾸어 새롭게 결심하여 열성을 다함.　一念发起
一刀兩斷 일 도 양 단	한 칼로 쳐서 둘로 나눈다. 일이나 행동을 머뭇거리지 않고 한번에 처리함.　一刀兩断
一覽不忘 일 람 불 망	한 번 훑어보기만 해도 잊어버리지 않음.　一览不忘
一路邁進 일 로 매 진	뜻을 세우면 온힘을 다해 그 길로 감.　一路迈进
一勞永逸 일 로 영 일	한번 고생하고 평생 안락을 누림.　一劳永逸
一望無際 일 망 무 제	넓어서 바라보아도 끝이 없음.　一望无际
一網打盡 일 망 타 진	한 그물에 때려잡음. 한꺼번에 모조리 체포함.　一网打尽

一面如舊 일 면 여 구	사람이 한 번 만나 사귀고 옛 친구처럼 친해짐.　一面如旧
一鳴驚人 일 명 경 인	일을 한 번 분발하면 큰 사업을 이룸.　一鸣惊人
一目瞭然 일 목 요 연	한 번 보고 곧 환하게 알 수 있음.　一目了然
一無可觀 일 무 가 관	하나도 볼 것이 없다.　一无可观
一門百笏 일 문 백 홀	권력자를 많이 배출한 권문세가.　一门百笏
一問一答 일 문 일 답	한 번의 물음에 한 번씩 대답함.　一问一答
一夫一妻 일 부 일 처	한 남편에 한 아내.　一夫一妻
一絲不亂 일 사 불 란	질서가 정연하여 조금도 어지러움이 없음.　一丝不乱
一瀉千里 일 사 천 리	일을 지체 없이 진행함.　一泻千里
一石二鳥 일 석 이 조	한 번에 두 가지 이득을 봄.　一石二鸟

一心同體 일 심 동 체	한 마음, 한 몸처럼 됨. 一心同体
一魚濁水 일 어 탁 수	한 마리 물고기가 물을 흐려 놓는다. 곧 한 사람의 잘못으로 여러 사람이 그 해를 입게 됨.　一鱼浊水
一葉知秋 일 엽 지 추	나뭇잎 떨어짐을 보고 가을을 안다. 한 가지를 보고 장래 일을 미리 짐작함. 一叶知秋
一意孤行 일 의 고 행	남의 간섭을 마음에 두지 않고 혼자 일을 함.　一意孤行
一衣帶水 일 의 대 수	한 줄기 띠와 같이 좁은 강물이나 바닷물이라는 뜻. 곧 간격이 매우 좁음. 강이나 해협을 격한 대안(對岸)의 거리가 아주 가까움.　一衣帯水
一人一技 일 인 일 기	한 사람이 한 가지의 전문적인 기술을 가짐.　一人一技
一日三秋 일 일 삼 추	하루가 삼 년 같다. 몹시 애태우며 기다리는 것을 비유하는 말.　一日三秋

一字千金 일 자 천 금	글자 한 자에 천금의 가치가 있다는 말로 뛰어난 문장에 비유함. 一字千金
一長一短 일 장 일 단	좋은 점도 있고 나쁜 점도 있음. 一长一短
一場春夢 일 장 춘 몽	한바탕 봄꿈처럼 부귀영화가 덧없음. 인생의 허무함을 비유. 一场春梦
一朝一夕 일 조 일 석	하루 아침, 하루 저녁과 같은 짧은 시일. 一朝一夕
一觸卽發 일 촉 즉 발	조금 건드리기만 해도 곧 폭발할 것 같은 위기에 직면하고 있는 형세. 一触即发
一寸肝腸 일 촌 간 장	매우 애가 타는 심정을 형용함. 一寸肝肠
日就月將 일 취 월 장	날로 달로 발전함. 日就月将
一針見血 박영률 일 침 견 혈	간단한 요령으로 본질을 잡아 냄. 一针见血
一敗塗地 일 패 도 지	여지없이 패배하여 다시 일어날 수 없음. 一败涂地

一片丹心 일 편 단 심	한 조각 붉은 마음, 즉 진정, 진심, 충성심.　一片丹心
一筆揮之 일 필 휘 지	한 번에 줄기차게 글씨를 써 내림.　一笔挥之
一攫千金 일 확 천 금	한 번에 많은 재물을 얻음.　一攫千金
一喜一悲 일 희 일 비	기쁜 일과 슬픈 일이 번갈아 일어남.　一喜一悲
臨機應變 임 기 응 변	상황에 따라 일을 알맞게 적당히 처리함.　临机应变
臨時卒辦 임 시 졸 판	느닷없이 당한 일을 임시로 처리함.　临时卒办
臨陣易將 임 진 역 장	싸움을 시작할 때 장수를 바꿈. 숙달된 사람을 서툰 사람으로 바꿈.　临阵易将
入境問禁 입 경 문 금	다른 나라의 국경에 들어서면 그 나라에서 금지하는 것을 물어봄.　入境问禁
卡 끼울 / 잠글 (잡) 중국어 (카)	이 글자는 중국 상가와 대로변 간판에 흔히 있는 자로 신용카드 가맹점이라는 뜻임

중국 간자(3)

로	劳	勞=일할 로	劳动/勤劳/劳赁
	炉	爐=화로 로	火炉/炉边/熔矿炉
록	录	錄=기록 록	纪录/手录/备忘录
농	农	農=농사 농	农业/农夫/农事
롱	泷	瀧=비올 롱	
	珑	瓏=옥 소리 롱	
료	疗	療=병 고칠 료	疗养/治疗/医疗
	辽	遼=멀 료	辽远
룡	龙	龍=용 룡	龙虎/飞龙/龙颜
루	泪	淚=눈물 루	感泪/玉泪/落泪
	垒	壘=진 루	堡垒/
류	刘	劉=죽일 류	
	浏	瀏=맑을 류	
리	离	離=떠날 리	离别/离乡/距离
	异	異=다를 리	异乡/异变/异质
린	邻	隣=이웃 린	爱邻
단	团	團=둥글 단	团体/团结/团长
	断	斷=끊을 단	断定/断情/断乎
	坛	壇=단 단	祭坛/讲坛/坛上
당	当	當=당할 당	当国/当身/当选
	党	黨=무리 당	党员/政党/党首
달	达	達=통달 달	达成/导达/通达
담	谈	談=말씀 담	谈话/对谈/谈论
	昙	曇=흐릴 담	昙天
대	对	對=대할 대	对话/对敌/对酌

두	头	頭=머리 두	头目/先头/头脑
마	马	馬=말 마	马车/马力/走马
만	万	萬=일 만 만	万岁/万历/万放
	湾	灣=물굽이 만	港湾
	蛮	蠻=오랑캐 만	蛮族/野蛮/蛮性
망	网	網=그물 망	鱼网/鸟网/网丝
매	卖	賣=팔 매	卖买/贩卖/散卖
	买	買=살 매	买入/买上/买价
	迈	邁=갈 매	迈进
맥	脉	脈=맥 맥	山脉/人脉/根脉
대	台	臺=대 대	望台/筑台/讲台床
	带	帶=띠 대	革带/温带/寒带
	队	隊=무리 대	军队/部队/发队
	贷	貸=빌릴 대	贷物/赁贷/贷借
도	导	導=이끌 도	引导/教导/善导
	岛	島=섬 도	孤岛/岛屿/岛民
	图	圖=그림 도	图书/地图/图画
독	独	獨=홀로 독	独身/孤独/单独
	读	讀=읽을 독	读书/读者/通读
	笃	篤=도타울 독	笃实/敦笃
	犊	犢=송아지 독	
돈	顿	頓=조아릴 돈	
동	东	東=동녘 동	东洋/东西/东序
	动	動=움직일 동	行动/动作/运动
	冻	凍=얼 동	冷冻/冻氷/冻死
력	轹	轢=삐걱거릴 력	轧轹/轹死

울타리 보급을 지원하고 후원하신 분들

이상열	박영률	이용덕
강갑수	박주연	이정숙
권종태	박찬숙	이주형
김광일	박 하	이진호
김대열	방병석	이채원
김명배	배상현	이택주
김무숙	배정향	임성길
김복희	백근기	임준택
김상빈	성용애	임충빈
김상진	손경영	전형진
김연수	신건자	전홍구
김성수	신영옥	정경혜
김소엽	신외숙	정기영
김순덕	신인호	정두모
김순찬	심광일	정석현
김순희	심만기	정연웅
김승래	심은실	정태광
김어영	안승준	조성호
김예희	엄기원	주현주
김영배	오연수	진명숙
김영백	유영자	최강일
김예희	이계자	최신재
김정원	이동원	최용학
김홍성	이병희	최원현
남창희	이상귀	최의상
남춘길	이상인	최창근
맹숙영	이상진	표만석
민은기	이석문	한명희
박경자	이선규	한평화
박영애	이소연	허윤정

스마트 북 ⑧
국화 울타리
발행에
후원하신 분들

김어영	30,000
김영배	30,000
김영백	30,000
김홍성	100,000
남춘길	100,000
배상연	5,000
신외숙	50,000
심광일	30,000
예수사랑	6,500
이계자	100,000
이동원	30,000
이병희	30,000
이상열	200,000
이주형	40,000
이채원	30,000
전형진	13,000
정태광	30,000
최강일	40,000
최명덕 (조치원교회)	100,000
한평화	15,000